ROWOHLT
BERLIN

*Reimer Gronemeyer*

# Die neue Lust an der Askese

*Rowohlt · Berlin*

1. Auflage März 1998

Umschlaggestaltung Walter Hellmann
(Foto: Tony Stone Images, Monica Dalmasso;
G + J Fotoservice, P. Engelhorn)
Satz aus der Aldus PostScript PageOne
Gesamtherstellung Clausen & Bosse, Leck
Printed in Germany
ISBN 3 87134 320 X

*Für Götz Eisenberg*

# Inhalt

# Vorwort: Abschied vom Luxus

*Sehnen wir uns nicht alle danach, unsere Altäre umzustürzen und unseren Besitz loszuwerden?*

Bruce Chatwin

Einfahrt zur Tiefgarage am Frankfurter Hauptbahnhof. Die Ampel, die den Weg in die Betonschlucht unter dem Bahnhof freigibt, steht auf Rot. Die Warteschlange wird länger. Eine Limousine fährt an der Schlange vorbei auf die Ampel und die Schranke zu. Empörung der ungeduldig Wartenden, Hupkonzert. Man kocht. Nun wedelt der Drängler mit der Dauerkarte. Seine blonde Beifahrerin, Jil Sander, hessisch, dirigiert die Wartenden zurück, was angesichts der langen Schlange schwierig ist. Die Limousine prescht schließlich über Begrenzungsblöcke an die Schranke, die Ölwanne kracht.

Das ist eine der letzten Formen, in denen Luxus und Privileg noch vorkommen – und sie ist irgendwie kein reiner Genuß. Kein «Platz da, der Landvogt kommt!», dem mit Knüppel und Peitsche Gehör verschafft wird. Die Zeiten, in denen sich Maharadschas von ihren armseligen Untertanen in Gold aufwiegen ließen, sind auch vorbei: Genaugenommen kann niemand mehr sagen, was Luxus ist – und was Askese.

Luxus: da denkt man zuerst an den spätrömischen Kaiser Nero, an einen Barockfürsten oder vielleicht an eine Gaultier-Brille. Irgendwie jedenfalls an etwas Ungehöriges, Lasterhaftes, das vor dem Hintergrund der Mittelmäßigkeit und Dürftigkeit anderer glänzt. Askese: da assoziiert man einen hohlwangigen Mönch, verklemmte Sexualität, protestantische Bußtage. Beide Begriffe haben den Touch des Unschicklichen. Der auftrumpfende Fahrer einer Luxuslimousine wirkt genauso peinlich wie der Öko-Martin, dem man ein Deo anraten möchte. Die Luxurierten und die Asketen scheinen nur noch als Karikaturen vorzukommen.

Und es stimmt ja auch nicht mehr, daß der Bauch Luxus und die Hohlwangigkeit Askese signalisieren. In den Industriegesellschaften sind die schlecht Ernährten fett, gut ernährte Karrieretypen hingegen schlank. Die Zuordnungen und Bewertungen sind in Bewegung geraten. Die Prachtentfaltung des Barockfürsten beispielsweise war ja ein repräsentativer Zwang: Man konnte gar nicht anders, mußte notfalls Holzsäulen als marmorn ausgeben (so etwa in Ludwigslust) und segelte oft am Rande des Ruins. Wenn heute Bundestagsabgeordnete auf Staatskosten zur Sondersitzung des Bundestages aus Las Vegas anreisen (wo sie gerade Spielautomaten besichtigen), dann fordert die BILD-Zeitung sie zum Rücktritt auf. Öffentlich-staatlichen Luxus konnten sich zuletzt Bokassa und Mobutu leisten. Sogar die englische Königin muß Steuern zahlen.

Nein: Luxus hat in der Folge von industrieller Produktion und Massenkonsum seine distinktive Kraft verloren.[1] Luxus ist schal geworden, hat sich zu Tode gesiegt – alle Paradiese der Reichen sind mit dem Jet zum Landeplatz der Massen geworden, und kein Produkt ist vor der Popularisierung sicher. Erbarmungswürdig die Hetze jener, die den Luxusabstand zu den Massen, der auf Millimeter geschrumpft ist,

1 So Hans Magnus Enzensberger im DeutschlandRadio Berlin am 15. Oktober 1996, 0.05 Uhr.

halten möchten. Die konsumierende Menge ist ihnen immer auf den Fersen.

Und damit taucht eine merkwürdige Umkehrung der Verhältnisse auf. Die Askese wird zur – soll man sagen: letzten? – Gestalt, in der Luxus auftritt. Wenn sich der Irrsinn der Beschleunigung nur noch in Stau und Streß realisiert, dann wird Langsamkeit zum Luxus. Wenn die Fernreise zum Massengut geworden ist, dann wird die Fußwanderung in der Nähe oder der Urlaub in der Klosterzelle zum Besonderen.

Voltaire hat angemerkt, daß das Überflüssige eine höchst notwendige Sache sei. Enzensberger verdreht den Voltaire-Satz in sein Gegenteil: Das Notwendige wird zum Luxus. Die neuen Luxusgüter sind die Zeit (über die niemand mehr verfügen kann), der Raum (der immer kleiner und teurer wird), die Ruhe (die nicht mehr einkehren will), das Gefühl von Sicherheit (das sich angesichts vielfältiger Bedrohungen nicht mehr einstellen kann) oder die Aufmerksamkeit (die im Rauschen der Medien unmöglich geworden ist).

Nichts stimmt mehr: Beim Übergang von der absterbenden Industriegesellschaft zur heraufdämmernden High-Tech-Gesellschaft werden Brüche sichtbar und spürbar, durch die die mühsam weggedrückten Fragen aus der Tiefe ans Licht drängen: Was soll das eigentlich alles? Woher kommen wir? Wohin gehen wir?

Katerstimmung: Die Jahrzehnte des Konsumrauschs, auf die wir zurückblicken, haben eine große Kälte hinterlassen. Geradezu entsetzt bemerkt man, daß unter dem Gletscher der Dinge, der uns überzogen hat, alles zermalmt worden ist, was einmal Sinn und Orientierung geboten hatte. Wir blicken plötzlich in eine gähnende innere Leere, die unter den Gegenständen verborgen war, und erkennen die Objekte als das, was sie lange unbemerkt sein durften: als Ersatz. Weil jeder meint, zuwenig geliebt zu werden, weil alle sich verlassen fühlen, war das Bedürfnis nach verdinglichten Geliebten lange Zeit unstillbar: Vehikel aller Art in einer Landschaft vergletscherter Empfindungen.

Noch einmal Frankfurter Hauptbahnhof: Seit einigen Monaten werden die Geräusche des Bahnhofs (Lautsprecher, Lokomotiven) überdeckt von Musik, die die Qualität von gebrauchtem Spülwasser hat. Ein riesiger Videoschirm zeigt eine aufgeräumt-schunkelnde Heidi Kabel, norddeutsche Lieder fallen ihr aus dem Gesicht. Das Ganze soll urban wirken, drückt aber de facto nur muffige Familienatmosphäre in die Bahnhofshalle, ruiniert erfolgreich die Erotik des Aufbruchs und Unterwegsseins. Statt mit einem Geräuschraum wird der Reisende gleich mit mehreren malträtiert, die sich zu einem Brei vermischen. Welch ein Luxus!

# Erster Abschnitt: Von den Verführungen zum Verzicht

*Man braucht eine Unzahl von Gelüsten, denen man nicht nachgibt, sonst wird man, wie schrecklich, zu einem einzigen verzweifelten Hund.*

ELIAS CANETTI

# Trendsetter

*Sie predigten öffentlich Wasser,*
*und tranken heimlich Wein.*
HEINRICH HEINE

Das scharfe und gefährliche Aroma der Askese hat einmal das Römische Reich ins Wanken gebracht. Die frühen Christen, Männer und Frauen, hatten nicht mehr und nicht weniger im Auge als das Ende der Geschichte, das durch ihre Askese erzwungen werden sollte: Keine Kinder mehr, keine Geschichte mehr. Auferstehung der Toten nicht durch die gezeugten Nachkommen, die das Bild der Vorfahren in der Zeit weitertragen, sondern die Morgenröte der Endzeit. Ein Schlußstrich unter das verfehlte Geplänkel mit dem Tode durch ehelichen Verkehr. Das Ende der Ehe – so hoffte man – werde das gewaltige Gewebe der organisierten Gesellschaft wie eine Sandburg zusammenfallen lassen.[1]

Es duftet so, als wenn heute wieder ein ähnliches Aroma verströmt: Vor uns eine Kultur der Askese? Scharf und gefährlich allerdings riecht es zunächst nicht, eher nach einer Mischung aus Armenküche und asketisch-parfümiertem «lifestyle».

Askese: Eine Herbstmode der an allen Ecken und Enden klappernden Industriegesellschaft? Oder die zeitgemäße Ant-

1 So beschreibt es Peter Brown: Die Keuschheit der Engel. Sexuelle Entsagung, Askese und Körperlichkeit im frühen Christentum, München 1994, S. 10, 20, 22.

wort auf das Ende des Sozialstaates? Oder eine Flucht in die Wüste – als Befreiung von allem Überflüssigen und Überwindung des morschen Status quo?

## Verunglückte Schweine

Karl Lagerfeld, der Modeschöpfer mit dem Zopf, Jahrgang 1938, gilt heute als der weltweit erfolgreichste Trendsetter der Modebranche. Karl Lagerfeld läßt sich gerade von einem japanischen Architekten ein Kloster bauen. «Dort wird man keine Kleider probieren. Dort werde ich zwölf Monate im Jahr mönchisch leben», sagt er.[1] Das Mode-Kloster wird in einem Wald stehen, umgeben von Wasser. Die Gästezimmer werden wie Zellen eingerichtet sein, mit einem Bett, einem Stuhl, sonst nichts. Lagerfeld will als eine Art Abt in einem Penthouse darüber wohnen. «Ich möchte, daß meine Mitarbeiter in einem Haus mit mir leben.» Kontakte nach draußen werden über Computer abgewikkelt. «Mir schwebt etwas vor, das den Fortschritt des Jahres 2000 mit der Lebensdisziplin in einem mittelalterlichen Kloster verbindet, aber ohne jeden katholischen Beigeschmack.»

Und der elegante Zopf fügt hinzu: «Ich muß mich von all dem Plunder befreien, den ich gesammelt habe, von meinen Häusern, von all dem unnötigen Zeug, das ich einmal sehr nötig fand.» Lagerfeld ist nicht allein. Auch sein Konkurrent Joop hat die Trendzeichen der Zeit erkannt:

*Ich glaube, wir werden über kurz oder lang zu so etwas wie einer neuen Innerlichkeit kommen. Zu posieren, mit den Insi-*

1 Interview in: Die Zeit vom 23. Februar 1996.

*gnien des Reichtums aufzufallen ist ein Konzept der achtziger Jahre. In den Neunzigern hat es sich dahin gedreht, daß auch das Vorzeigen der Fehler narzißtische Befriedigung verschaffte. Im nächsten Jahrtausend dagegen werden die Menschen versuchen, ganz bescheiden und konzentriert nur sie selbst zu sein – egal, ob ihnen dabei jemand zusieht. Sie werden den Schutz der Kleidung, des Geldes, der Statussymbole abwerfen, weil der nichts mehr wert ist. In der Nacktheit werden sie nach einer neuen Wahrheit suchen.*[1]

Das mittelalterliche Mönchtum verschwindet also mitnichten auf den Pappdeckeln von Camembertkäse, wie der Philosoph Peter Sloterdijk vermutet.[2] Das Mönchtum kehrt offenbar gerade als Lebensform der postindustriellen Eliten zurück. Gregorianische Gesänge stürmen die Hitlisten, Klosteraufenthalte haben Konjunktur. Manager regenerieren sich nicht in der Karibik, sondern zwischen Klosterkalk, bei Fastenkuren und in Meditationen versunken. Das Kloster liegt im Trend.

Im Ekel vor der Warenflut, im Überdruß an Beziehungkrisen geht – so scheint es – das Zeitalter Plutos (Gott des Reichtums) unter. Der Verbrauch von Waren, Freizeit, Sex, Information hat für die Eliten einen Sättigungsgrad erreicht, der sie offenbar zu einem Generalerbrechen reizt: Der Aschermittwoch der Wohlstandsgesellschaften ist angebrochen, dem jahrzehntelangen Karneval will nun eine Fastenzeit folgen. Karl Lagerfeld, als Trendsetter betrachtet, bringt die Askese in Mode.

Im Schaufenster avantgardistischer Herrenboutiquen finden sich neuerdings Pullover und Jeans, in die Risse und Löcher

1 Interview in: Der Spiegel 29, 1997.
2 Peter Sloterdijk: Weltfremdheit, Frankfurt/M. 1993, S. 105.

bereits eingearbeitet sind. Jute und Sackleinen werden zum begehrten Material für den Askesetrend. Ein anderes Schaufenster zeigt schmucklose Jacken und Hosen vor abblätternden Tapeten. Beim Möbeldesigner herrschen minimalistische Rostmöbel vor. Das Lackierte, das Glänzende, das Protzige ist out. Im Meer des Massenkonsums besteht der letzte Ausweg der Eliten, um den Abstand zum gemeinen Volk zu wahren, offenbar nur noch in der Umkehrung aller Trends – in der Askese eben. In diese Ecke – so hofft man – wird der Pöbel, der alles gleich nachäfft, nicht mehr folgen wollen.

Asketen sind verunglückte Schweine, die man dazu gebracht hat, die Keuschheit anzubeten, meint Friedrich Nietzsche. Oder – nicht weniger polemisch: Askese sei ein Vorwand der Heiligen, um sich in Ruhe dem Winterschlaf hingeben zu können.[1] Die Asketen von heute sind dagegen hysterische Konsumenten, die eine ehrwürdige Tradition kolonisieren, um sie ihren modischen Bedürfnissen dienstbar zu machen: eine leere Askese, bei der die Dreistigkeit, mit der man die Geschichte der Philosophen und Heiligen plündert, um sich mit den geraubten Fetzen zu dekorieren, einen ekelhaften Höhepunkt erreicht: verunglückte Schweine.

Lagerfeld will ein Kloster ohne *katholischen Beigeschmack*. Er will einen Leichnam. Joop prognostiziert, daß die Menschen *nur noch sie selbst sein wollen*. Für den mittelalterlichen Theologen wäre das genau die Definition dessen, was man unter der Hölle zu verstehen hat: die endgültige Gottesferne, verbunden mit der *incurvitas in se ipsum* – der Verkrümmung in sich selbst. Das mittelalterliche Kloster imitieren und die Verehrung

1 Friedrich Nietzsche: Zur Genealogie der Moral. Dritte Abhandlung: Was bedeuten asketische Ideale?, S. 330 und 341, München 1988, S. 339 ff.

Gottes aus der Klosteranlage streichen – da bleibt eine Mumie nach, ein Schneckenhaus, in das Lagerfeld schlüpft, um es zu okkupieren. Dieses vom transzendentalen Beigeschmack befreite Kloster hat den Rosenkranz durch das Glasfaserkabel zeitgemäß ersetzt: nicht Gebete, die aus dem Kreuzgang in die himmlischen Sphären aufsteigen, sondern Modeentwürfe, die auf elektronischen Pfaden das Pin-up-Kloster verlassen und den Markt stimulieren. Die Geschichte wird zur Boutique, durch die man schlendert, um sich mit ihren Elementen zu dekorieren.

## Eine neue Kultur der Askese?

Während die Eliten sich genüßlich asketischer Ornamente bedienen, um ihr Ego und ihr Outfit aufzupolieren, ergießen sich über die Bürger gleichzeitig täglich neue Aufforderungen, den Gürtel enger zu schnallen. Rezession, leere Kassen und steigende Abgaben sorgen dafür, daß vielen gar nichts anderes übrigbleibt. So manchem rauben steigende Krankenkassenbeiträge den Schlaf, den Arbeitslosen oder schlecht Verdienenden wachsen schon die Kosten für die Miete über den Kopf. Während sich Lagerfeld vom *Plunder* befreit, werden anderen Einschränkungen aufgezwungen, die an die Substanz gehen. Kann man also sagen, daß Askese zum Generaltrend wird? Was bei den Eliten als Mode erscheint, ist bei den Habenichtsen eben zwangsläufiges Ergebnis des verwüstend freien Marktes – unter dem Strich jedenfalls allseits ein Abschied von den Zeiten des unbedachten Verbrauchs. Vor uns eine Kultur der Askese, so oder so: Der eine verzichtet aus Überdruß auf die Karibik, der andere aus Geldmangel auf Mallorca. Aber es so sehen hieße dann doch, mit einem großen Löffel alles in einem Brei zusammenzurühren.

*Den Gürtel enger schnallen* und *sich von dem Plunder befreien,* das sind eben nicht zwei Seiten einer Sache.[1] Die von oben verordnete Askese ist ein altes Instrument von Cliquen, um Wünsche kleinzuhalten, Disziplin durchzusetzen und Macht zu erhalten. Man muß sich nur an die calvinistischen Polizeistaaten erinnern, in denen das Privatleben der Bürger daraufhin überwacht wurde, ob es auch den verordneten Prüderieansprüchen genügte. Die Gardine vor dem Fenster war verboten, weil sie die Oberen darin behinderte, ihre voyeuristischen Kontrollbedürfnisse zu befriedigen. In diese Tradition disziplinierender Askese gehören auch Blut-Schweiß-und-Tränen-Appelle als ein Joch, das dem Ochsen schmackhaft gemacht werden soll – während es ihm um den Hals gelegt wird. So wird heute in Deutschland, das im Mund der Politiker zu einem «Standort» verkommen ist, Askese angepriesen. Der Wohlfahrtsstaat war – so gibt man zu verstehen – eine Völlerei, deren Folge eine Art soziales Sodbrennen ist.

Christian von Weizsäcker, Staatswissenschaftler in Köln, sieht den Wohlfahrtsstaat in diesem Sinne als konkursreif an. Schließlich sei es gegenwärtig lukrativer, Sozialhilfe zu beziehen und mit Bettelei etwas hinzuzuverdienen, als eine regelmäßige Arbeit zu suchen.[2] Margarita Mathiopoulos, die Beinah-Sprecherin der SPD, geißelt *Pfründedenken* und *Vollkasko-Mentalität.* «Die Bundesrepublik kann es sich nicht wei-

1 Gern wird auch auf die Formel *Abschied nehmen von liebgewordenen Besitzständen* zurückgegriffen– so Ulrich Beck in seinem Kommentar zu der Berliner Rede von Roman Herzog. (Stimmen gegen den Stillstand. Roman Herzogs Berliner Rede und 33 Antworten, Frankfurt/M. 1997.)

2 Christian von Weizsäcker: Die populistische Herausforderung, in: Die Zeit vom 31. Januar 1997.

ter leisten, an einem Wohlfahrtssystem festzuhalten, das fast einer Wohlstandsdiktatur ähnelt, denn das Land droht zu einer öffentlich-rechtlichen Anstalt von Alimentierungsverwöhnten zu degenerieren.» Starke Worte für jemanden, der eine Abfindung in Millionenhöhe forderte, als die Nord/LB die Pfründenkritikerin nicht weiterbeschäftigen wollte.[1] Politische Rede verkommt da zum verbalen Zaubertrick, der erfolgreich eine Million deutsche Obdachlose und ein Millionenheer von Arbeitslosen hinter dem Begriff Wohlstandsdiktatur zum Verschwinden bringt.

Weg damit: Die Zerstörung des Sozialstaates, die sich aus didaktischen Gründen mit der Gürtelpropaganda verbindet, wird zu einem Askeseprogramm für das Volk umgestylt. Askese wird damit – nur mühsam kaschiert – zu einer ordnungspolitischen Formel, die auf lange Sicht den Zusammenhalt der Gesellschaft gefährdet. Denn die gebetsmühlenartigen Aufforderungen zu Askese, Sparsamkeit und Verzicht zum Zwecke der Rettung des Standortes etc. etc. bereiten tatsächlich die Auflösung der Gesellschaft vor. An die Stelle dessen, was einmal Gesellschaft war, tritt ein sozialer Kriegsschauplatz mit klarem Frontverlauf: die einen hinter Stacheldraht, in videoüberwachten Gettos, auf High-Tech-Inseln (oder in Lagerfeld-Klöstern); die anderen in Plattenbauten oder Wellblechhütten.

Askese: Die einen mögen darin nicht viel mehr als den Hang zur Magersucht vermuten. Die anderen denken vielleicht an die guten alten Zeiten, in denen Helmut Schmidt als Kanzler den Deutschen riet, einen Tag in der Woche auf das Fernsehen

1 Zitiert bei Oliver Schmitt: Die Multi-Mega-Mitnehmer, in: Titanic, September 1997.

zu verzichten. Oder man erinnert sich an die denkwürdigen autofreien Sonntage während der Ölkrise. Da realisierte sich Askese gewissermaßen im Verzicht auf die Sahne zum Kuchen. Heute ist aus diesen Nettigkeiten eine Bedrohung der Kohäsion unserer Gesellschaft geworden. Am Ende dieses Prozesses, der Abschaffung des Sozialstaates, wird die Mittelschicht beseitigt sein. Zwei asketische Fraktionen könnten nachbleiben: die Masse der Arbeitslosen und Gelegenheitsverdiener, denen die zugemuteten Verzichte nur als eine höhnische Zwangsaskese erscheinen können. Und die neuen Eliten, die sich aus dem Massenkonsum zurückziehen und ihre asketisch trainierten Körper dazu verwenden, Geld zu scheffeln.

## Des Nehmens überdrüssig

Gibt es außer dieser verordneten Askese und der modisch-entleerten Lifestyle-Askese noch ein Drittes? Eine Askese, die als Tugend der Vornehmheit daherkommt, als Ausdruck einer Haltung, die des Nehmens überdrüssig geworden ist?[1] Eine Haltung, die sich der asketischen Ideale bedient, um ein größeres Maß an Widerstand gegen die marktförmige Welt zu ermöglichen, gedacht als Widerstand gegen die Auflösung der Individuen im Säurebad der Massenzivilisation? Während in den sechziger Jahren das Ausleben gegen die Repression der formierten Nachkriegsgesellschaft zu Recht im Zentrum stand, tritt nun *Widerstand gegen den Terror der Ökonomie* und damit das asketische Ideal in den Vordergrund.

Askese als *Verweigerung des Mittuns am schlechten Beste-*

1 Theodor W. Adorno, Minima Moralia, Frankfurt/M. 1986, S. 122.

*henden* fällt mit den materiellen Forderungen der Massen zusammen – haben Horkheimer und Adorno weiland festgestellt.[1] Durch den fast verstellten Lichtspalt dieser Diagnose wird eine Askese sichtbar, die sich nicht modisch-elitär und gleichgültig gegenüber der Entzugs- und Knappheitspolitik, die den vielen gilt, im Kloster versteckt. Eine Askese, der die Entwicklung der umknickenden Industriegesellschaft nicht gleichgültig ist, sondern die sich als Entwurf eines künftigen Lebensstils versteht, der einen Schlußstrich unter die Zerstörung von Natur, Gesellschaft und Individuum zu ziehen versucht.

Nur so würde man auch an den ursprünglichen Sinn von «Askese» anknüpfen. Der Begriff ist ja bei uns heute in die Nähe von spitznasiger Magersucht und muffiger Verklemmung geraten. Tatsächlich ist «askein» ein griechisches Wort, das eigentlich «sich üben» bedeutet. Dies ist die beste Lebensweise – so sagt Plato: «In Übung (askesis) der Gerechtigkeit und jeder anderen Tugend leben und sterben.»[2] Askese ist zunächst also Tat und nicht Abstinenz. «Nichts Arges wird dir … begegnen, wenn du nur in der Tat edel und trefflich bist und Tugend ‹übst›.»[3] Askese ist – wie man sieht – nichts für modische Herrensitze mit Klostergeschmack.

*Wenn man sich einen Ausweg vorstellen könnte, so wäre es eigentlich nur noch die Askese. Praktisch würde sie bedeuten, daß man sich zunächst einmal mindestens von dem ausschließt, was Bergson den allgemeinen Wettlauf nach dem Wohlleben nannte. Die Askese würde dann nicht in ihrer höch-*

1 M. Horkheimer / Th. W. Adorno: Dialektik der Aufklärung, Frankfurt/M. 1987, S. 245.
2 Plato: Gorgias, Reinbek 1957, Nr. 527.
3 Ebd.

*sten religiösen Form, als sacrificium, sondern als disciplina in Erscheinung treten.*[1]

Ein Satz Arnold Gehlens, der klassische Gegnerschaften (wie die zwischen Gehlen und der Frankfurter Schule) offenbar überspannt. Askese – so fährt Gehlen fort – wäre gefährlich zu leben «und der gemeinsamen Gegnerschaft des Kapitalismus und des Kommunismus sicher, die ja in dem einen Punkte: dem Wettlauf nach dem Wohlleben oder, um es vornehmer auszudrücken, Hebung des Lebensstandards, völlig übereinstimmen». Nun, der Kommunismus ist weg, aber auch unter dem Schirm des alleinseligmachenden Marktes bleibt Askese gefährlich, ortlos und utopisch.

1 Arnold Gehlen: Anthropologische Forschung, Reinbek 1968, S. 66.

## Lust und Last der neuen Askese

Ist es zynisch, angesichts wachsender Armut in den alternden Industriegesellschaften von einer neuen Lust an der Askese zu reden? Nickt man da nicht nur mit dem Kopf zu jenen wohlfeilen Trends, die unter der Devise *den Gürtel enger schnallen* als weltanschauliche Billigware auf den Markt geworfen werden?

Es ist zweifellos Zynismus, eine neue Askese zu propagieren, um wachsende Not zu vertuschen oder als neuen Lebensstil zu maskieren. Doch das ist unsere Sache nicht. Hier wird nicht gutgeredet, was ohnehin kommt: Für die vielen, die knappen Zeiten entgegengehen, muß kein asketisches Begleitständchen gesungen werden. Es geht vielmehr um die kühne, nicht zynische Erinnerung daran, daß – wenn schon Abschied genommen werden muß von den fetten Jahren – eine *Haltung* dazu gefragt ist. Will man klammernd, schreiend und klagend festhalten, oder kann man sich dazu entschließen, loszulassen, was ohnehin nicht aufrechtzuerhalten ist? Das hieße nachdenken über einen neuen, souverän-bescheidenen Weg. Wieviel von dem – so ist zu fragen –, was wir zu brauchen meinen, ist Plunder? Braucht man die Krücken und Wattierungen des Versorgungsstaates und seiner Einrichtungen? Was ist wirklich notwendig von den verlockenden Gaben des Gesundheitsapparates, der Bildungsmafia und der wahnhaft verbesserten Infrastruktur? Im Grunde heißt nachdenken über Askese nachdenken über eine Haltung, die die neuen Knappheitszumutungen als Chance zur Befreiung begreift. Auf die notwendig aufzuwerfenden Fragen wird aber bislang stets mit Restriktion geantwortet.

So inszeniert sich die gegenwärtige Verabschiedung vom Versorgungsstaat unter der Bedingung extremer politischer Phantasielosigkeit. Niemand scheint zu wissen, wie die erwartbaren Krisen – explodierende (Jugend-)Arbeitslosigkeit, Zusammenbruch des Generationenvertrages, Erosion der Familie, Spannungen zwischen Reich und Arm, das Aussterben der Arten und die Zunahme von $CO_2$ in der Atmosphäre – abgewendet werden sollen. Und wer sich da – unter Mißbrauch des guten alten Wortes liberal – auf den Neoliberalismus beruft, glaubt an den Markt als heilende Kraft wie ein mittelalterlicher Mönch an Gott. *Der Neoliberalismus ist heute das, was für die Theologen des Mittelalters die communis doctorum opinio* (die herrschende Meinung) *war,* der Neoliberalismus ist eine religiöse Litanei.[1] Die europäischen Sozialdemokraten verlieren ihre Klientel und versuchen, sich als die besseren Deregulierer zu verkaufen, und die grün-alternative Szenerie wärmt sich an dem verlogenen Satz: *Weniger ist mehr.*[2]

*Den Deutschen geht es schlecht: Immer mehr Deutsche können sich kein Dach mehr für ihr Auto kaufen.* Auf der einen Seite die leicht sadistischen Herrenwitze der Besserverdienenden, die ihren Luxus heute besonders genießen, weil er erst vor der Kulisse der Ausgemusterten richtig glänzt (und das süßsaure Aroma alter Gleichheitsforderungen vertrieben ist: Wer oben ist, ist zu Recht oben. Basta). Auf der anderen Seite die in der Unübersichtlichkeit des spätmodernen Alltags versickernden Enttäuschungen derer, die entlassen, perspektivlos, über-

1 Pierre Bourdieu in einem Interview, Der Spiegel 50, 1996, S. 172.
2 Die Toblacher Thesen, von ökologisch engagierten Wissenschaftlern formuliert, sagen es noch marktversessener: «Sich dem Zwang zum ‹immer schneller› und ‹immer weiter› nicht mehr auszusetzen, bedeutet nicht *Verzicht,* sondern *Gewinn* an echter Lebensqualität.» (Hervorhebungen vom Verfasser, Toblacher Thesen abgedruckt in: Frankfurter Rundschau vom 14. Oktober 1996.)

flüssig sind und dafür auch noch als Versager abgestempelt werden.

*Deregulierung, Reengineering, Outsourcing, Standortdebatte* und natürlich *Globalisierung*: verbale Leuchtbomben, die über den von Arbeitslosigkeit, gekürzten Sozialausgaben und steigenden Alltags-Kosten heimgesuchten Leuten abgeworfen werden und ihnen als zwangsläufig vorgaukeln, was sie bisher als Ergebnis schlechter Politik zu betrachten gewohnt waren.

Auszug aus dem kollektiven Freizeitpark, Abschied von der Spaß-Gesellschaft, Ende des Versorgungsstaates – und wie die Formulierungen alle heißen; sie stimmen ein auf Wellen von Einschränkungen, auf die Reprivatisierung von Lebensrisiken, auf das Ende der fetten Jahre: Askese als durch die Umstände erzwungener Trend.

## Downshifting: Die Energiespartaste in uns

Die politische Diskussion um die Verwerfungen, denen sich die alten Industriegesellschaften ausgesetzt sehen, suggeriert das Bild von einem aufgeblasenen Ballon, aus dem nun die Luft rausgelassen wird. Unterderhand werden dabei die Menschen zu statistischen Teilelementen degeneriert und auf neue Plätze verwiesen: die guten ins Töpfchen, die schlechten ins Kröpfchen. Die einen in eine eher luxuriöse High-Tech-Welt, die anderen in die Arbeitslosigkeit – *niedrigeres Konsumniveau*, heißt es kühl.

Die gegenwärtige Allmacht des Marktes wird daran erkennbar, daß sich die Aufgaben der Politik in Managementprobleme verwandelt haben. Das Kabinett ist längst ein Aufsichtsrat, die Referenten sind Systemingenieure geworden. Ebenso wie sich Menschen in Populationen verwandeln, verschwindet Gesellschaft im Systemprogramm und Politik in der Managementpraxis.

Die neueste Mode, die kommunitaristische, will die Krise der Arbeitsgesellschaft auffangen, indem sie die orientierungslos gewordenen Menschen in eine Helfergesellschaft einbindet: Eine auf ihre Weise wiederum gräßliche Idee, weil hier genuine Impulse der Menschen, alte Kulturen der Freundschaft und ehrwürdige Tugenden der Barmherzigkeit, ins Bruttosozialprodukt eingerechnet werden. Das ist keine Alternative zur Arbeitsgesellschaft, sondern die endgültige Verwurstung der Menschen in den Markt. Da wird nicht mehr in die Lohntüte geschaut, sondern auf den Beziehungsoutput.

Früher hat das, was sich heute *downshifting*[1] nennt, Austeritypolitik geheißen. Aber das war immerhin noch Politik, also etwas, über das man sich ärgern und dem man widersprechen konnte. Downshifting, in einen niedrigeren Gang schalten, ist eine Anforderung an alle. Es ist ein Programmierbefehl, den kleine und große Systeme – darunter auch die humanoiden Systemeinheiten – ausführen sollen. Ungefähr so, wie die Aufforderung zur Selbsthilfe den einzelnen veranlassen soll, in sich selbst den Therapeuten und den Klienten zu entdecken.[2] Downshifting – die Energiespartaste der Politik – ist eine Systemnotwendigkeit, um den allzu hochtourigen Verbrauch zurückzufahren. Einer solchen Notwendigkeit will und kann erst einmal keiner widersprechen. Die Stadt Frankfurt wirbt folge-

1 Vgl. dazu die Studie: Zukunftsfähiges Deutschland: Ein Beitrag zu einer global nachhaltigen Entwicklung. Eine Studie des Wuppertal Instituts im Auftrag von BUND und MISEREOR, Bonn und Aachen 1995. Man darf prognostizieren, daß sich der Begriff *downshifting* bald ähnlicher Beliebtheit erfreuen wird wie jetzt der Begriff Globalisierung.

2 Vgl. Ivan Illich: Vom Recht auf Gemeinheit, Reinbek 1982, S. 49 ff.

richtig auf U-Bahnhöfen, in Zeitungen und mit der Hotline für sparsamen Wasserverbrauch. Interessant ist dabei nicht nur, daß das, was einmal Politik war, zunehmend an Werbeagenturen delegiert wird. Interessant ist vor allem, daß der Bürger zum sich selbst regulierenden, systemadäquat reagierenden Subsystem werden soll. Nicht die Bürgerrechte, sondern die Regulierungsnotwendigkeiten stehen im Vordergrund. Die Gesellschaft geht, das System kommt. Die alte Gesellschaft wird wie der noch warme Leichnam eines Hirntoten explantiert. Die zuckenden Altorgane des Gemeinsinns werden dem System als Zielvorgaben implantiert – aber sie wachsen nicht an.

Wenn hier von Askese die Rede ist, dann ist damit nicht gemeint, daß der Homo systematicus die Energiespartaste in sich drückt. Askese ist etwas prononciert anderes: ein Widerspruch gegen das Verschwinden der Menschen in Verwaltungsprozessen, in Statistiken und Programmen; eine Flucht in die Wüste, in der man nicht über die Vielzahl der Dinge stolpert, nicht im Brausen der Diskurse und Informationen betäubt bleibt, sich nicht verirrt im betonierten Labyrinth des postmodernen Gängeviertels, sich nicht verfängt in den konfliktreichen Konstellationen nachfamilialer Beziehungsnetze.

Nachdenken über Askese will aber auch nicht die große Alternative zutage fördern, den programmatischen Entwurf, den sich Politik und Lebensstildesigner aneignen können. Weder soll durch den Verweis auf Askese die Verschlechterung der Lebensbedingungen für viele gerechtfertigt werden, noch kann Askese selbst das Sahnehäubchen auf der Lebenstorte derjenigen sein, die auf eine besonders raffinierte Verfeinerung ihrer Bedürfnisse zielen.

Asketen gehen in die Wüste – da ist erst einmal nichts. Dort liegen nicht die großen Wahrheiten herum, und man stößt nicht auf Kathedralen, die aus Gewißheiten gebaut sind. Wer in die Wüste geht, weiß, daß die schimmernde Oase im Zweifelsfall eine Fata Morgana ist.

Der rote Faden ist überall gerissen, die großen Erzählungen sind zu Ende. Auch die Askese kann den roten Faden nicht flikken, kann die zerbrochenen Erzählungen nicht wieder rekonstruieren. Sie kann aber an ebenso banale wie unüberholte Einsichten erinnern: Wer besitzt, wird besessen. Wer keine Distanz hat, sieht nichts. Wer nicht lassen kann, hat keine Gelassenheit. Ernst, Geduld, Disziplin und Konzentration machen den Asketen.[1] Gegenüber dem Glamour, der glänzenden Oberfläche, der geschniegelten Perfektion, der drängenden Fülle liebt die Askese den Bruch, die Leere, das Rauhe, die Stille.

*Gesegnet war die Zeit, als Einsame ihre Abgründe erproben konnten, ohne als Besessene oder Gestörte zu gelten. Ihr Mangel an Gleichgewicht wurde nicht negativ bewertet, wie es bei uns der Fall ist. Sie opferten zehn, zwanzig Jahre, ein ganzes Leben einer Ahnung, einem* Blitz *des Absoluten zuliebe. Das Wort ‹Tiefe› hatte nur Sinn in bezug auf Epochen, in denen der Mönch als die edelste Form des Menschentums galt. Niemand wird bestreiten, daß er im Schwinden ist … Hätte das Mönchtum nur hassenswerte Aspekte, es taugte immer noch mehr als jedwedes andere Ideal. Mehr denn je sollte man Klöster bauen … für jene, die an alles glauben, und für jene, die an nichts glauben. Wohin fliehen? Es gibt keinen Ort mehr, wo man berufsmäßig die Welt verabscheuen könnte.*[2]

1 Vgl. Erich Fromm: Die Kunst des Liebens, Ulm 1986.
2 Emile Cioran: Die verfehlte Schöpfung, Frankfurt / M. 1994, S. 41 f.

Der Begriff und die Sache «Askese» müssen gereinigt werden wie eine alte, in tiefen Erdschichten verborgene Tonscherbe, um die ursprünglichen Muster und Gravuren erkennen zu können. Der Ort der Asketen – so wird dann wohl sichtbar – ist die Wüste, die natürlich nicht nur im gelben Sand zu finden ist, sondern auch im sechzehnten Stockwerk eines Hochhauses oder in der Hütte eines Slums, oder eben in einer Tonne. Asketen sind dort, wo nichts ist. Asketen haben sich nicht nur von den Dingen befreit, sondern auch vom Besitz der Wahrheit, des fertig abgepackten Sinns. Sie haben die *securitas*, die Sicherheit, gegen das offene Feld eingetauscht. Nur dort kann ihnen Gott, der Teufel oder eben einfach nichts begegnen. Sie wissen, daß Einsicht nicht im Ausgreifen oder in der Akkumulierung von Sinnstücken entsteht, sondern in der Versenkung.

Sie sind Verwandte der *ptoochoi pneumati*, der Armen im Geiste, wie die Bergpredigt sie nennt. Die Armen im Geiste sind nicht die Dummen und Blöden. Gemeint sind diejenigen, die mit leeren Händen dastehen, die nicht über feste Weltanschauungen, sicheren Boden, feiste Selbstgewißheit verfügen. Diese Armut im Geiste ist heute das kollektive Schicksal der Nachdenklichen, denen die sicheren Wahrheiten, die Gewißheit des Sinns und die Klarheit des Handelns abhanden gekommen sind – die damit aber nicht kokettieren. Die Ortlosen, die philosophisch Obdachlosen könnten zu zeitgemäßen Weggefährten der Askese werden. Doch statt dessen lassen sich viele – in panischer Suche nach einer Schutzhütte in der transzendentalen Heimatlosigkeit – zu Segmenten des Marktes, zu statistischen Schwebeteilchen, zur administrativen Auftrefffläche machen.

Als Teil einer Umfragemasse oder eines Kollektivs von Bausparern rekonstruiert man die verlorenen Heimatgefühle.

Wie ein Schimmelpilz hat den Begriff der Askese sein Mißbrauch überzogen. Die Menschen denken heute, wenn sie Askese hören, zuerst an Lebensfeindliches, an Verstümmelung und Vergewaltigung der menschlichen Natur. Askese hat den Ruch, ein tückisches Werkzeug zur Verkleinerung des Menschen zu sein.

*Alles dieses ist die Askese nicht, ja sie ist das Gegenteil. Aber sie kam in Verruf, seit rührige Apologeten der Großzügigkeit in Appetit und Behagen den ungebrochenen, rüden, den ‹raubtierhaften› Instinkten das Wort zu reden begannen ... Doch was immer man sagen mag: das Gesetz der Askese allein verbürgt jene heilige Geräumigkeit der Seele, in der die unendliche Milde sich abgrenzt gegen die Wildheit, die Größe sich trennt von den Niederungen; in der alle Ehrfurcht Zauber und Flügel findet.*[1]

So gesehen nährt sich Askese – wenn man an die antiken Tugenden denkt – weder aus der *iustitia,* der Gerechtigkeit, noch aus der *temperantia,* der Mäßigung, oder der *prudentia,* der Klugheit, sondern am ehesten wohl aus der *fortitudo*: der Tapferkeit. Weil sie des Mutes bedarf: des Mutes, sich zu widersetzen und sich der Leere auszusetzen. Das vielbeklagte Schwinden des Sinns veranlaßt die Menschen, sicheren Boden zu suchen, indem sie sich selbst als letzte Gewißheit zu entdekken versuchen (in dem, was sie Selbstverwirklichung nennen). Oder indem sie, getreu dem verzweifelten Dostojewski-Satz:

1 Hugo Ball: Byzantinisches Christentum, Frankfurt/M. 1979, S. 11 f. und 26.

*Wenn es Gott nicht gibt, dann ist alles erlaubt,* das Überleben als kollektives Rattenrennen begreifen, bei dem es nur darum geht, zuerst bei der Beute anzukommen.

Das philosophische Projekt der Moderne und die politische Praxis der Moderne haben alle ehrfurchtgebietende und unbestreitbare Autorität zerstört und damit eine intellektuelle und emotionale Narbe hinterlassen: «die Furcht vor der Leere; und die Leere (ist) die Abwesenheit eines universal bindenden, unzweideutigen und erzwingbaren Maßstabs».[1]

Askese ist also mehr als die Verabschiedung von den Dingen, mehr als die Distanz zum Rauschen der modernen Diskurse. Askese erfordert den Mut, der Wüste, der Leere ins Gesicht zu schauen, der Ortlosigkeit innezuwerden. Furcht und Hoffnung der alten Asketen bestanden darin, daß ihnen in der Leere der Wüste der Teufel oder Gott begegnen würden. Jetzt muß der Asket damit rechnen, daß die Wüste – wo auch immer er sie findet – leer bleibt, sich nicht einmal mehr mit Dämonen füllt. Die *Versuchung,* die dem heiligen Antonius in der Drangsal durch die Dämonen widerfährt, reduziert sich heute auf den *Versuch,* die Erfahrung der Ortlosigkeit, die schmerzliche transzendentale Obdachlosigkeit durch die Errichtung einer künstlichen Ordnung zu vertreiben.

Die neue Lust an der Askese, die sich in der Distanz zum Konsum und zur Arbeitswut Bahn verschafft, ist deshalb ein zwiespältiges Phänomen. Sie kann zum Trend degenerieren, zur kurzlebigen Modeerscheinung im Wettlauf der Lebensstile. Sie kann zum unbegriffenen Echo auf die verordnete neue Sparsamkeit werden. Aber sie kann auch dem Turbokapitalis-

1 Zygmunt Bauman: Moderne und Ambivalenz. Das Ende der Eindeutigkeit, Frankfurt/M. 1995, S. 307, bezogen auf eine Äußerung von Adorno und Horkheimer.

mus seine Dynamik rauben. Denn Askese lehrt loslassen: Wenn Karrieredampf, Geschwindkeitsrausch, Termindruck und Konsumzwang für viele lächerlich werden und bedrohlich, weil sie das Leben kosten können, dann beginnen die Tugenden der Asketen zu leuchten, dann rettet man sich – des Überflusses überdrüssig – im bewußten Verzicht: im kategorischen Nein zu all dem Plunder, den die hektische Marktgesellschaft als *must* aufzudrängen versucht und dabei doch erkennbar nur mit Ersatzleben lockt. Wirklich eine Rettung?

## Freiheit ist im Verlassen des Hauses

Askese eignet sich nicht für Selbstfindungs-Workshops und schon gar nicht als verordnetes Sparprogramm. Asketen sind radikal: Staatsfeinde, Familienfeinde und obendrein meist auch Feinde der Lohnarbeit. «Eng bedrängt, dachte er bei sich, ist das Leben im Hause, ein Stätte der Unreinheit; *Freiheit ist im Verlassen des Hauses* – dieweil er also dachte, verliess er das Haus», so wird von Buddha berichtet.[1]

Im asketischen Ideal sind – sagt Friedrich Nietzsche – so viele Brücken zur Unabhängigkeit angezeigt, «dass ein Philosoph nicht ohne ein innerliches Frohlocken und Händeklatschen die Geschichte all jener Entschlossenen zu hören vermag, welche eines Tages Nein sagten zu aller Unfreiheit und in irgend eine Wüste giengen». Der Philosoph verneint damit nicht das Dasein, sondern er «bejaht darin vielmehr sein Dasein».[2]

Gegenüber Plato eine deutliche Verschiebung: Askese ist nicht mehr nur die Übung der Tugend, sondern seit Buddha und Johannes dem Täufer ist das *Verlassen des Hauses* eine notwendige Begleiterscheinung der Askese. Und immer nachdrücklicher wird im Laufe der Zeit die Wüste zum symbolischen Ort,

1 Zit. bei Friedrich Nietzsche: Zur Genealogie der Moral, Dritte Abhandlung: was bedeuten asketische Ideale?, München 1988, S. 351. Hervorhebung von R. G.

2 Ebd. Und Nietzsche fügt hinzu: «Welcher grosse Philosoph war bisher verheirathet? Heraklit, Plato, Descartes, Spinoza, Leibniz, Kant, Schopenhauer – sie waren es nicht; mehr noch, man kann sie sich nicht einmal *denken* als verheirathet. Ein verheiratheter Philosoph gehört *in die Komödie*, das ist mein Satz: und jene Ausnahme Sokrates, der boshafte Sokrates hat sich, scheint es, ironice verheirathet, eigens um gerade diesen Satz zu demonstriren.»

an den Asketen fliehen. Diese Wüste kann die Tonne des Diogenes, die Eremitenzelle des Mönchs oder das Sterbehaus der Mutter Teresa in Kalkutta sein.

## Die Skandale der Asketen

Um uns klarzuwerden, welche radikale Haltung dem gegenwärtigen «Trend» einen Namen gibt (und ob zu Recht oder zu Unrecht), müssen wir selbst in die Wüste gehen und die Asketen besuchen, die sich dorthin geflüchtet haben.

Soll man zuerst an *Symeon,* den Säulenheiligen, denken? Auf dem Bergrücken von Telnesin stand seine Säule im 4. Jahrhundert. Zwanzig Meter hoch. Zu seinem zerbrochenen Körper schauten die Menschen, die sich zahlreich am Fuße der Säule sammelten, von unten hinauf. Eine Gestalt, die mit zum Gebet ausgestreckten Armen dastand, ein Abbild des Gekreuzigten. Eine Gestalt, die wie ein Blitz die *Lebensgier* der Menschen beleuchtete und ihrerseits den Blick vom Diesseits in den Himmel schickte.

Oder assoziiert man *Diogenes,* den Mann, der im Faß lebte? In der bekanntesten Anekdote wird erzählt, daß der große Alexander ihm einen Wunsch zu gewähren bereit war: «Geh mir aus der Sonne!» soll Diogenes erwidert haben. Nichts, worüber der Mächtige verfügt, kann Diogenes verlocken. Und das Faß des Philosophen macht den Palast lächerlich: Architektur auf dem Nullpunkt.[1] Ein Hohn auf die *Besitzgier.*

Vielleicht steigt aber auch das Bild der heiligen *Elisabeth*

1 So Peter Sloterdijk: Kritik der zynischen Vernunft, Band 1, Frankfurt/M. 1983, S. 312.

von Marburg (sie starb in der Nacht vom 16. zum 17. November 1231) vor uns auf, der thüringischen Fürstin? Zornig mußten ihre feudalen Angehörigen zur Kenntnis nehmen, daß sie den Hof verschmähte, zeitweise in einem Schweinestall Unterschlupf suchte. Ihr Mann, der Fürst, war immerhin Kreuzzugs-Reisegefährte Friedrichs II. gewesen, bevor ihn in Süditalien das Fieber hinwegraffte. Elisabeth kam also aus den feinsten Kreisen, trug aber das Gewand der Armutsbewegung, das durch angesetzte Stücke und aufgenähte Flicken in anderen Farben so buntscheckig geworden war, daß es den Mitlebenden als Kuriosum auffiel.[1] Mit den Armen des Marburger Spitals aß sie aus einer Schüssel, duzte sich mit denen, die sich sonst vor einer Fürstin bettelnd in den Staub knieten. *Et eramus idiotae et subditi omnibus* (Wir waren Idioten und allen untertan), faßt das zeitgenössische Vorbild der Elisabeth, Franziskus von Assisi, diese asketische Haltung zusammen. Ein wutauslösender Kontrapunkt zur *Machtgier.*

Asketen sind Staatsfeinde, sie verstoßen gegen Konventionen und ziehen Empörung, Gelächter und Ekel auf sich. Franz von Assisi wirft seinem Vater öffentlich die Kleider vor die Füße, steht nackt vor ihm und zahlreichen Passanten. Diogenes sang sich sein Hochzeitslied mit eigenen Händen, wie die Überlieferung verschämt über seine öffentliche Onanie berichtet.[2] Und die Frauen, die zu Zeiten Symeons des Styliten massenhaft aus der spätrömischen Gesellschaft auszogen, um in asketisch-christliche Gruppen einzutreten, ruinierten in den Augen der ordentlichen Bürger sich und ihre Familien, indem sie sich weigerten, Ehefrau und Mutter zu sein – was in der Tradition rö-

1 Otto Gerhard Oexle: Armut und Armenfürsorge um 1200. In: Sankt Elisabeth. Fürstin, Dienerin, Heilige, Sigmaringen 1981, S. 78 ff.
2 Vgl. Peter Sloterdijk, a. a. O., S. 318 ff.

mischer Kultur nun einmal die Hauptaufgabe der Frau zu sein hatte.[1] Elisabeth, die – wie erwähnt – ihren Gemahl, den Landgrafen Ludwig, auf dem Kreuzzug verliert, trennt sich nicht nur von Hof und Verwandtschaft, sondern schließlich auch von ihren Kindern, um sich ganz ihrem asketischen Leben und Werk zu widmen: Alle diesseitigen Bande gilt es zu kappen.

Diogenes war provokant, Symeon entrückt, Elisabeth demütig. Alle aber waren sie nicht staatstragend, sie lösten die Familienbande und setzten «bürgerliche» (oder traditionelle) Moralkodizes wie Ehrgeiz und Anstand außer Kraft. Mit dem Asketen kann es daher schnell zu Ende sein, wenn der Staat merkt, wie gefährlich und zersetzend diese Individuen sind. Obwohl sie sich nicht und schon gar nicht revolutionär auf den Staat beziehen. Bei Revolutionären weiß man wenigstens, mit wem man es zu tun hat. Asketen aber interessiert das Geschäft des Staates überhaupt nicht. Und insofern sind Asketen kränkender und zersetzender als anständige Revolutionäre – nehmen wie diese die Gefahr in Kauf, der zuschlagenden Gewalt der Ordnungshüter zum Opfer zu fallen: von Johannes dem Täufer, dessen abgeschlagener Kopf dem König Herodes serviert wird, bis zur massenhaften Verfolgung der frühen Christen vor Konstantins Wendepolitik.

Die Irritation der Staatstreuen durch die Asketen wird noch verschärft, weil asketische Bewegungen stets dann an Kraft gewinnen, wenn es im Staat kriselt: Das kann man an unseren drei Musterasketen – Diogenes, Symeon und Elisabeth – exemplarisch beobachten. Symeon (und die frühchristlichen Asketen überhaupt) setzen in der Wüste einen Kontrapunkt zum zerbrechenden, in fauligem Luxus dahindümpelnden Rom. Die Christenverfolgungen insgesamt verdanken sich nicht

1 Vgl. dazu vor allem Peter Brown, a. a. O., S. 19ff.

zuletzt der gereizten Empfindung, daß der (asketische) Lebensstil der Christen die römische Völlerei gefährdet. Und Elisabeth erscheint – wie die Franziskaner und andere asketische Mönchsbewegungen – am Ende des Hochmittelalters, die Kronen der Päpste und Kaiser wackeln schon. Diogenes aber ist im abendländischen Kontext wohl der erste radikale Asket, dessen umstürzlerische Respektlosigkeiten am rissig gewordenen Fundament des Staates rütteln.

## Glücklich in einer Welt des Leidens?

Solange die griechische Polis in Blüte stand, konnte Diogenes nicht auf der Bühne erscheinen. Sein Stichwort fällt erst, als die Polis ins Trudeln gerät. Als die Herrschaft der Makedonier die Polis-Demokratie ablöst, als sich der Blick der Griechen durch Alexander bis nach Indien weitet, da sagt Diogenes auf die Frage, wo seine Heimat sei: *Ich bin ein Weltbürger!* Das ist unfraglich eine Spitze gegen die Gemeinschaft. Die Krise des Staates lenkt den Blick auf das Heil des einzelnen. Nicht das Wohlergehen der Polis interessiert Diogenes, sondern die Tugend des Individuums.

Das klingt sehr modern. Diogenes wird ein scharfes Ohr gehabt haben für all die Sonntagsrhetoriker, die die Rückkehr zu den Werten der Polis, des Gemeinsinns etc. etc. etc. predigten. So wie heute die Schäubles aller Parteien die Rückkehr zu den Werten der Nation, der Familie und der Freiwilligen Feuerwehr fordern. Dagegen ist Diogenes ein Zyniker – jedenfalls würde man ihn so bezeichnen, wäre das Wort nicht erst durch ihn in Mode gekommen (wahrscheinlich kommt zynisch von *kuon*, griech. für «Hund». Diogenes ist der hündisch Lebende). Wenn Politiker anfangen, die Rückkehr zu alten Werten zu propagieren, dann bedeutete das schon immer, daß diese Werte längst in einem großen kannibalistischen Akt, an dem die beschwörenden Politiker in erster Reihe selbst beteiligt waren, aufgefressen worden sind. Diogenes zieht nur die Konsequenz aus dem Kannibalismus der Mächtigen und trifft sie ins Herz, weil er den Verzicht auf alles verkündet, was sie anzubieten haben. Seine Askese ist – wie jede anständige Askese – staats-, gemeinschafts- und familienfeindlich. Die Askese des Diogenes zersetzt, was ohnehin Fäulnisgeruch ausströmt. Diogenes interessiert die Frage nicht mehr: Wie können wir einen guten Staat aufbauen? Sondern: Wie können Menschen in einer bösen Welt tugendhaft sein oder glücklich in einer Welt des Leidens?[1]

Der britische Philosoph Bertrand Russell meint, daß die Krise der Polis, die sich in der radikalen Askese des Diogenes zeigt, einen Vorhang wegreißt: Zum erstenmal wird die kosmische Verzweiflung des Menschen sichtbar gemacht, eines Menschen, der die schützende Hülle der Gemeinschaft – des Kollektivs – verloren hat und sich als endliches Einzelwesen begreift. Die Askese des Diogenes entsteht aus der überraschten Verzweiflung eines Menschen, der sich urplötzlich in der Wüste ausgesetzt sieht. Daß sie dennoch witzig, wenn auch nicht unbedingt heiter ist, macht die Größe des Diogenes aus. Diogenes, der mit einer Laterne auf dem Marktplatz umherrennt und nach einem Menschen sucht, ist ja damit nicht Clown, sondern Tragödie. Er sucht nicht die unsterblichen Götter und nicht die heile Gesellschaft. Er sucht einen Menschen, dessen Tugenden nicht mehr im Dienste der Polis stehen, sondern im Dienste des Individuums.

Freiheit, nicht Bindung ist das Thema, und deshalb ist Askese auch ein Thema am Ende des zweiten Jahrtausends. Denn

1 Bertrand Russell: Philosophie des Abendlands, Zürich 1975, S. 250.

auch jetzt ist das Vertrauen in die Bindungen der Gesellschaft abgeschmolzen. Der Blick schweift zum Horizont und sucht nach Möglichkeiten einer würdigen Existenz, nachdem das Individuum aus den traditionellen Bindungen herausgefallen ist wie ein Jungvogel aus dem Nest. Diogenes, über den wir lediglich aus unsicher überlieferten Anekdoten etwas wissen[1], meinte offenbar, daß Freiheit nur in der Wunschlosigkeit zu erreichen sei.

Diese Diogenes-Auffassung von Askese wird im christlichen Mönchtum abgebrochen zugunsten einer asketischen Haltung, die sich vor allem mit der *disciplina* verbindet. Aber über einen großen Bogen hinweg – der das mittelalterliche Mönchtum überspannt – erscheint der Diogenes-Asket bei Nietzsche wieder, der sich bitter und abfällig über das servile Mönchtum äußert und den heiteren Asketen beschreibt als ein «vergöttlichtes und flügge gewordnes Thier, das über dem Leben mehr schweift als ruht».[2] Diesen heiteren Asketen kennzeichnet

*Freiheit von Zwang, Störung, Lärm, von Geschäften, Pflichten, Sorgen; Helligkeit im Kopf; Tanz, Sprung und Flug der Gedanken; eine gute Luft, dünn, klar, frei, trocken, wie die Luft auf Höhen ist, bei der alles animalische Sein geistiger wird und Flügel bekommt; Ruhe in allen Souterrains; alle Hunde hübsch an die Kette gelegt; kein Gebell von Feindschaft und zotteliger Rancune; keine Nagewürmer verletzten Ehrgeizes; bescheidene und unterthänige Eingeweide, fleissig wie Mühlwerke, aber fern; das Herz fremd, jenseits, zukünftig posthum.*[3]

1 Die meisten – historisch höchst unsicheren – Anekdoten über Diogenes von Sinope finden sich bei Diogenes Laertius, der im 2. Jahrhundert n. Chr. ein Werk über das Leben großer Philosophen geschrieben hat.
2 Friedrich Nietzsche, a. a. O., S. 352.
3 Ebd.

# Zweiter Abschnitt: Das Welken der Dinge

*Je weniger ich an den Gütern des Lebens klebe,*
*weil ich den Gebrauch davon zu verlieren anfange*
*und sie mir kein Vergnügen mehr gewähren,*
*desto weniger schreckhaft wird mir der Anblick des Todes.*

Michael de Montaigne

## Über das Glück

*Meine Freunde waren mir fremd geworden, und ich war gern in Gesellschaft eines Mannes, der sehr alt und ein großer Kenner der islamischen Lehre war. Er war Handelsattaché einer Botschaft des Mittleren Ostens. Eines Abends erhielt er in seiner Wohnung in der Nähe von Victoria Station den Besuch eines etwa fünfundfünfzigjährigen Mannes, der sehr ausgeglichen wirkte. Keine einzige Falte zeichnete sich auf seinem Gesicht ab. Er schien einer nahezu ausgestorbenen Art anzugehören – der des glücklichen Menschen. Er war weder weltfremd noch menschenscheu, sondern sehr aufgeschlossen. Dabei führte er ein Leben, das bei den meisten von uns Nervenzusammenbrüche hervorrufen würde. Er war Vertreter einer Schreibmaschinenfirma, und alle drei Monate besuchte er fast alle afrikanischen Länder. Er hatte keine Verwandten und keinerlei Bindungen. Er lebte aus dem Koffer, und der Koffer war klein genug, um unter einen Flugzeugsitz zu passen, so daß er ihn als Handgepäck mit sich führen konnte ... Er schien nichts anderes zu besitzen, doch nach einigem Drängen gestand er, einen weiteren Koffer zu haben, über den er nicht reden wollte. Ich würde mich über ihn lustig machen, sagte er. Ich versprach, nicht über den Koffer zu lachen, und er erzählte mir, daß er im Firmensafe einen schwarzen Aktenkoffer aus Blech aufbewahre. Darin befanden sich seine Dinge. Er kam viermal im Jahr nach London und schlief im Büro in einer winzigen Kammer, die die Firma ihren Handelsvertretern zur Verfügung stellte. Dann hielt er jedesmal eine halbe Stunde lang die Tür verschlossen, holte die Dinge aus dem Koffer und breitete sie auf dem Klappbett aus. Es war das Sammelsurium eines englischen Mittelstandslebens – der Teddybär, das Foto des im Ersten Weltkrieg gefallenen Vaters sowie dessen Medaille, der Brief vom König, ein paar billige Schmuckstücke seiner Mutter, eine Schwimmtrophäe und ein Firmenaschenbecher. Doch jedesmal brachte er ein neues Ding aus Afrika mit und warf ein altes fort, das seine Bedeutung verloren hatte. «Ich weiß nicht, es hört sich töricht an», sagte er, «aber dies sind meine Wurzeln.» Er ist der einzige Mensch, den ich kenne, der die schwierige Gleichung zwischen den Dingen und der Freiheit gelöst hat.*[1]

Zu den Dingen und Erlebnissen, die heute das Leben zu verdekken geeignet sind, tritt die Zwangsidee der Machbarkeit. *Alles, immer und überall,* heißt die Devise, in der die drei Götzen der Gegenwart erscheinen.[2] Durch die Geschichte der Menschen und durch die Geschichte des Abendlandes ziehen sich jene asketischen Strömungen, die einmal lauter, einmal leiser daran erinnern, daß unter dem *Geld,* dem *Event* und der *Manipulation* das Leben verschwindet. Den Sieg haben freilich immer die Spießbürger mit ihren Geldsäcken davongetragen. Die Spießbürger des Römischen Reiches, die des Mittelalters, die der Neuzeit. Sie haben es vermocht, das Christentum zu einer wohligen Mittelstandsreligion niederzumachen. Die *Geldgeschichte*

1 Bruce Chatwin: Der Traum des Ruhelosen, München 1996, S. 232 f.

2 Einer der besonders bedenkenlosen Protagonisten des Machbaren ist Hubert Markl, Präsident der Max-Planck-Gesellschaft. Der fragende Journalist stellt fest: *Es gibt Versuche, Schweine mit Menschengenen anzureichern, damit sie als Organspender benutzt werden können.* Antwort Markl: *So was gab es natürlich nie in der Natur, aber Kultur heißt seit jeher, Dinge zu tun, die es in der Natur nicht gibt.* (In: Frankfurter Rundschau vom 28. Juli 1996.) Womit wir endlich wissen, was Kultur ist: ein Schwein mit Menschengenen.

des Abendlandes liegt offen zutage. Die *Lebensgeschichte* des Abendlandes verläuft im Untergrund oder im Abseits. Sie ist – ständig verfälscht durch Fürsten und Bischöfe – in dem Versuch des Mönchtums spürbar, sich der eisernen Umklammerung durch den Staat und den Reichtum zu entziehen. Mit dem widerspenstigen Theologen des 19. Jahrhunderts, Franz Overbeck, darf man wohl sagen, daß «das Christentum in seinem Grundcharakter asketisch und zwar exzessiv asketisch ist» ist, daß «am Christentum das Interessanteste seine Ohnmacht, die Tatsache, daß es die Welt nicht beherrschen kann», war und ist.[1] Nur um den Preis der Vergewaltigung der christlichen Gedanken konnte das Christentum zur Herrschaftsreligion werden.

In dem Schreibmaschinenhändler mit seinem Koffer im Firmensafe setzt sich – zersplittert und religiös entleert – eine Haltung fort, die von Diogenes über die Mönche bis zu Gandhi nur in Glücksfällen aus dem Meer der Macht- und Geldgier auftaucht. Doch die Umklammerungen durch die Welt, die der Asket zu sprengen sucht, sind heute vielfältiger geworden, verwirrender als zu Zeiten der Mönche. Es gilt nicht nur die Distanz zu den *Dingen* zu wahren, die Vergötterung des *Körpers* zu durchschauen, sondern vor allem den Wahn der Machbarkeit und damit die Vergletscherung der *Seele* zu gewahren.

«Eine 35jährige Italienerin trägt als Leihmutter gleichzeitig

1 Franz Overbeck: Christentum und Kultur, Basel 1919, S. 33 und 279. Es ist das Verdienst von Jacob Taubes, den Vergessenen wieder ins Gespräch gebracht zu haben. Jacob Taubes: Kult und Kultur, München 1996, S. 182 ff. Wenn man sieht, wie heute immer noch die Bischöfe aller Konfessionen sich an die Mäntel der Herrschenden zu klammern versuchen, dann erfreut man sich Overbecks Äußerungen über Adolf von Harnack, seinen bei Hofe akzeptierten Kollegen. *Harnack verrichtete den Dienst eines Friseurs an der theologischen Perücke des Kaisers – ganz wie weiland Eusebius von Cäsarea bei Kaiser Konstantin dem Großen* (zit. Taubes, a. a. O., S. 191).

Kinder von zwei Paaren aus. Wie die Zeitung Corriere della Sera berichtet, sollen nach der Geburt die richtigen Eltern mit einem Bluttest ermittelt werden.»[1] Wie in einem Brennspiegel faßt diese Nachricht zusammen, was die zeitgemäße Vergletscherung der Seelen ausmacht: *Alles, immer und überall.* Das Nachdenken über Askese, über Verzicht oder über Glück ist damit komplizierter geworden, ubiquitär. Der Askese ist der Weg verstellt, wohin sie blickt.

Asketen werden sich dem «Alles, immer und überall» entziehen. Dabei sind sie durchaus keine fundamentalistischen Neinsager. Diogenes hat die Genüsse der Welt bekanntlich nicht verschmäht, sondern die Abhängigkeiten verachtet und durchschnitten. Für die Mönche war die Grenze zwischen Drinnen und Draußen klar. Für eine asketische Haltung heute gibt es diese Klarheit nicht. Wie kann man sich der Tyrannei der Sinne entziehen – wo doch die Bilder und Geräusche, die Projekte und die Beschleunigungen allgegenwärtig sind? Doch worin besteht dann der asketische Akt? Darin, die Eitelkeit des Ichs aufzugeben und sich selig verschwimmen zu lassen? Oder ist es gerade umgekehrt: Besteht Askese in dem anstrengenden Versuch, das gefährdete Ich zu bewahren, während man allenthalben Leute sehen kann, die offenbar nach der Devise leben, daß es einfacher und bequemer ist, ohne Ich zu leben?

Wir müssen wohl versuchen, «neue Formen der Individualität zutage zu fördern, indem wir den Typ von Individualität, den man uns über mehrere Jahrhunderte hinweg auferlegt hat, zurückweisen».[2] Die moralischen und religiösen Mächte, die bisher Subjektivität geprägt haben, sind verfallen. Entweder das

1 Bericht in der Frankfurter Rundschau vom 8. März 1997.

2 Michel Foucault: Warum ich Macht untersuche: Die Frage des Subjekts, in: Freibeuter 28, 1986, S. 110.

Subjekt verschwindet mit den alten Mächten, oder es findet neue Wege der Selbstkonstitution. Der Askese käme hierbei eine zentrale Bedeutung zu – als die einzige Haltung, die noch das Subjekt von den Dingen, den Erlebnissen und dem Machbarkeitswahn abzugrenzen imstande ist.

Wo der Machbarkeitswahn unterbrochen wird (und dieser Wahn kann sich auf Dinge, Körper und Seelen beziehen), da ist die Stunde der Askese. Das erfordert einen wachen Verstand, gespannte Aufmerksamkeit und unweigerlich auch die Bereitschaft zu leiden. Was vielleicht heute das schwerste von allem ist.

Die Versuchungen des heiligen Antonius, des Eremiten, bestanden in den Verlockungen des Fleisches. Heute nähert sich die Versuchung nicht in Gestalt des nackten, schönen Fleisches, dessen Anblick ohnehin allgegenwärtig ist – sondern in Gestalt des Weißkittels zum Beispiel, der Verlängerung des Lebens verspricht, während im Hintergrund die Teamkollegen den Sterbenden zu explantieren beginnen, um die Leber frisch zu bekommen. Verlockungen des Fleisches sind das ja auch. Nur geht es jetzt um zuckende Innereien, nicht um pralle Brüste.

Das Glück wird unter dem Machbaren begraben, und es ist schwer geworden, sich aus diesem Müll herauszuwinden. Bisweilen bleibt wohl nur die Flucht mit geschlossenen *Augen,* um der Tyrannei der Bilder zu entgehen, mit zugehaltenen *Ohren,* um dem Getöse der debilen Musik zu entkommen, mit geschlossenem *Mund,* um sich am Beziehungsgeschwätz nicht zu beteiligen. Der Asket wird sich heute somit den berühmten drei Affen angleichen müssen.[1]

1 Von der *religiösen Asketik* führt der Weg zu Kants *ethischer Asketik* und mündet heute in etwas, was man vielleicht etwas modisch *virtuelle Asketik* nennen könnte, sofern darin die Tatsache gefaßt ist, daß für den asketisch gestimm-

«Alle Verlorenen, die Geld haben, kaufen, kaufen, kaufen, bis zum Ersticken. Alle Glücklichen, die wünschen können, was nicht zu kaufen ist.» [1] Wahrscheinlich muß man diesen schönen Satz Canettis über das Glück modernisieren, weil das Unglück vielköpfig geworden ist wie das Haupt der Medusa. Wer sich wünschen kann, wer ertragen kann und wer erleiden kann, was nicht in die kalte Herrschaft des Machbaren gehört: der ist dem Glück des Asketen am nächsten.

ten Menschen die Versuchungen virtuell geworden sind und er sich zugleich dieser Virtualisierung, die ja einer Allgegenwart der Dämonen entspricht, zu widersetzen hätte. (Zu Immanuel Kants *ethischer Asketik* vgl. dessen Metaphysik der Sitten, II, Metaphysische Anfangsgründe der Tugendlehre II, § 53.)

1 Elias Canetti: Fliegenpein, Frankfurt/M. 1992, S. 137.

## Mehr erleben, weniger besitzen

Die meisten Amerikaner – so unterrichten uns neueste Umfragen – sind der Meinung, daß sie zu viele Dinge kaufen und zuviel konsumieren. Gleichzeitig steigen die Ausgaben für Erlebnisreisen, in Las Vegas boomen die Umsätze. «Der neue Mensch will nicht tun und haben, sondern er will erleben.»[1] Mit zwanzig legt man das Geld nicht auf die hohe Kante, um den ersten Bausparvertrag zu erfüllen, sondern fährt zur Love Parade nach Berlin. Der neue Mensch ist ein Homo ludens, ein Spieler, der sich nicht am Arbeitsplatz verbrauchen will. Nicht Pflichterfüllung, sondern Sensationen. Nicht Probleme, sondern Programme. Mehr erleben, weniger besitzen. Man könnte sagen: Im Blick auf die Dinge scheint sich geradezu eigenläufig ein asketischer Trend in die Menschen einzubohren. Mit Stolz weist der blendend verdienende Manager auf seine Billigeinkäufe, während Boutiquen Pleite machen. Aldi boomt, Haute Couture hat Umsatzeinbußen.

*Unsere Umwelt bestand noch vor kurzem aus Dingen: aus Häusern und Möbelstücken, aus Maschinen und Fahrzeugen, aus Kleidern und Wäsche, aus Büchern und Bildern, aus Konservendosen und Zigaretten … Undinge dringen gegenwärtig von allen Seiten in unsere Umwelt, und sie verdrängen die Dinge. Man nennt diese Undinge «Informationen» … Die Informationen, die gegenwärtig in unsere Umwelt eindringen*

1 Vilém Flusser: Dinge und Undinge, München 1993, S. 84.

*und die Dinge darin verdrängen, sind von einer Art, wie sie vorher nie bestanden hat: Es sind undingliche Informationen. Die elektronischen Bilder auf den Fernsehschirmen, die in den Computern eingelagerten Daten, all die Filmbänder und Mikrofilme, Hologramme und Programme, sind derartig ‹weich› (software), daß jeder Versuch, sie mit den Händen zu ergreifen, fehlschlägt … Die Umwelt wird immer weicher, nebelhafter, gespenstischer, und wer sich in ihr orientieren will, muß von diesem ihrem spektralen Charakter ausgehen.*[1]

Als Erich Fromm über «Haben oder Sein» nachgedacht hat, konnte er noch nicht wissen, daß diese Frage einige Jahrzehnte später einen ganz anderen Klang haben würde. Daß sich die Dinge verflüssigen würden bis zur Überflüssigkeit. Das «Haben» wird zwar uninteressant, aber das «Sein» bleibt immer noch nachgeordnet. Es droht sogar endgültig in Vergessenheit zu geraten, denn die umformulierte Frage der Zeitgenossen lautet heute: *Haben oder Erleben.*

*In einer Gesellschaft, in der Haben – und mehr Haben – das oberste Ziel ist, und in der man davon spricht, ein Mann sei «eine Million wert»: wie könnte es da eine Alternative zwischen Haben und Sein geben? Es scheint im Gegenteil, als bestehe das eigentliche Wesen des Seins im Haben: So daß nichts* ist, *wer nichts* hat.[2]

1 Ebd., S. 80–82.
2 Erich Fromm: Haben oder Sein. Die seelischen Grundlagen einer neuen Gesellschaft, Stuttgart 1976, S. 25.

Fromms Schlußsatz also müßte heute heißen: daß nichts *ist*, wer nichts *erlebt*. Der konsumistische Antrieb ist geblieben, aber undinglich geworden. Die Konsumgüterindustrie, die über Umsatzeinbußen klagt, hat schon zum Strohhalm des *Erlebniseinkaufs* gegriffen, um zu retten, was zu retten ist.[1] Das Erlebnisrestaurant, der Erlebnisurlaub – mancherlei mit dem Event-Aroma gewürztes Angebot soll den Konsumenten verlocken, an die Kleiderständer der Boutiquen zurückzukehren.[2] Erlebnismarketing soll die Konsumlangeweile vertreiben. Produkte und Dienstleistungen sollen in der Gefühls- und Erfahrungswelt der Abnehmer verankert werden. Bei «zunehmender Marktsättigung mit austauschbaren Angeboten leisten solche emotionalen Erlebniswerte einen wesentlichen Beitrag zur Lebensqualität».[3] Es reicht heute eben nicht mehr – so wissen Kaufhausmanager –, dem Kunden die Waren hinzustellen, sie zwischen Jackenärmeln herumirren zu lassen, sondern man muß den Kunden unterhalten. So tun sich heute in Kaufhäusern Erlebnisinseln auf – mit Cappuccino-Bar und Kunstbäumen, aus denen Vogelgezwitscher vom Band erklingt.

*Man muß ein Kaufhaus heute spannend inszenieren:* Das ist die Devise. «Unsere Philosophie war schon immer aufs Erleben ausgerichtet», sagt der Verkaufsleiter im Berliner Kaufhaus

1 Weitere elf Hertie-Häuser werden 1997 geschlossen, nachdem bereits vorher zehn Filialen dichtmachten. Die Ertragslage ist bei Karstadt zum Beispiel nach Aussage des Karstadt-Chefs Deuss in keiner Weise befriedigend. (Vgl. Textilwirtschaft, Nr. 26, 26. Juni 1997.)

2 Vgl. Gerhard Schulze: Die Erlebnis-Gesellschaft, Frankfurt/M. 1996.

3 So der Paderborner Konsumforscher Peter Weinberg, zit. in: Der Spiegel 26, 1992, S. 83.

des Westens.[1] Was eine in jeder Hinsicht bemerkenswerte Inbetriebnahme der Philosophie (der Weisheitsfreundschaft) durch den Markt anzeigt: Plato auf dem Surfbrett.

Die Wiederbelebung der Konsumleiche wird allerdings nur begrenzt möglich sein. Das natürlich zuerst deshalb, weil die Leute weniger Geld haben. Aber auch die, die Geld haben wie bisher oder sogar über mehr Einkommen verfügen: auch die geben ihr Geld für Erlebnisse – die sie für das Leben halten – aus, weniger für Objekte.

Das Verhältnis der Menschen zu den Objekten wird überhaupt ein anderes. Der Umgang mit einem Hammer oder einem Tintenfaß unterscheidet sich von dem Umgang mit der Tastatur des Computers. Für den Hammer braucht man die Hand – so kommt es zu *Hand*lungen.[2] Auf der Tastatur tanzen die Fingerspitzen, um Impulse auszulösen. Zuckungen gehen von den Fingerspitzen aus. Der *Gegenstand* steht entgegen: Dem entspricht wörtlich das *Objekt*, das sich vom lateinischen *obicere* (entgegenstellen) ableitet. Heute steht immer weniger entgegen: Die Türen öffnen sich geräuschlos vor uns und von selbst, die Außenbeleuchtung wird vom Bewegungsmelder initiiert. Das *Objekt* wird altmodisch, so altmodisch, wie es die Türklinke schon ist oder der Lichtschalter. Die Subjektivität von Menschen mißt sich aber auch daran, was ihr entgegensteht, an den Objekten also und nicht an der «Erhabenheit einer von Menschenhand unberührten Natur».[3] Wir haben noch gar nicht begonnen, darüber nachzudenken, was es für unsere Subjektivität bedeutet, daß uns immer weniger *entgegensteht*.

1 Zit. ebd.

2 Vilém Flusser, a. a. O., S. 85.

3 Hannah Arendt: Vom Sinn der Arbeit, Reinbek 1978 (Technologie und Politik, Band 10), S. 113.

Das Subjekt, das in der Dingwelt beheimatet ist, dem sich die Dinge entgegenstellen, muß ein anderes sein als das Subjekt, das sich im Hauch der Impulse und im unfaßbaren Netz der Medien wie in einem Nebel fast schwerelos bewegt. Von den Werten, die eingelagert waren, fast so handgreiflich wie die Dinge, geht es über zu entmaterialisierten Optionen und Orientierungen, die das Subjekt eher durchzucken. Wenn, wie die Chaostheorie behauptet, der Flügelschlag eines Schmetterlings einen Orkan auslösen kann, so setzt heute das Zucken der Fingerspitzen Veränderungen des Planeten in Gang, gegen die ein Orkan eine Petitesse ist. Der Citizen hat die Welt erfolgreich – und bis an den Rand der Katastrophe – mit einer Lawine aus Dingen überzogen, der Netizen erfüllt sie mit dem formlosen Nebel seiner Impulse.

Das, was an Dingen noch gebraucht wird, schafft sich die Avantgarde nicht mehr an, sie least es: Autos, Handys, Kopierer, Wohnungseinrichtungen, Kontaktlinsen, Sekretärinnen, Computerequipment. Den *Schreib*tisch besaß man, kaufte ihn. Den Wohnzimmer-Palisanderschrank stotterte man ab, um ihn für immer sein eigen zu nennen. Hinter wohlgerüschten Gardinen akkumulierte die Familie Gegenstände, sie war eine objektfixierte Horde: Tisch, Stuhl, Bett, Schrank, Teppich. Um den Tisch sitzend, aß die Familie, die Eltern schliefen im Ehebett unter dicken weißen Federbetten, Mutter hängte Vaters Anzüge in den Schrank, die Kinderzimmer waren vollgestopft, und man blieb auf dem Teppich.

Die Einzelwesen, die heute mehr und mehr in verflüssigten Kleinverbänden leben, schlafen auf Matratzen oder Futons, verzehren die Tiefkühlpizza vor dem Fernsehapparat, legen die Pullover in irgendwelche Borde. Für die Zugänge zu den virtuellen Welten – der Musik und der Bilder – wird mehr Geld ausgegeben als für das, was einmal langlebige Konsumgüter waren. Die leichte Hand, die den Computer bedient, kann mit den schweren Türen der Schrankwand nichts mehr anfangen. Es ist ein schmerzloser Abschied. So wie den Nomaden schwere Gegenstände nicht interessieren, weil er sie nicht handhaben kann, so implodieren die schwergewichtigen Objekte vor den Augen des elektronischen Nomaden – und sein Desinteresse an dem Schweren liegt auf der Hand. Er streift durch Ikea, um Hüllen und Ablagen für seinen Kerschel zu besorgen, so wie sich Nomaden leere Flaschen aus der Seßhaftenkultur mitnehmen, um Wasser bequem transportieren zu können.

Bei den südafrikanischen San der Kalahari («Buschmänner») erfreut sich seit den sechziger Jahren die Eisenkiste wachsender Beliebtheit, die nun unter dem leichten Windschirm aus Stöcken und Buschgras steht und der neuen Seßhaftigkeit Ausdruck verleiht. Bei jungen Europäern ist die Leichtmetallkiste (Zarge-Box), die einmal für Tropenreisen gedacht war, zum beliebten Objekt geworden. Die Kiste symbolisiert die ständige Bereitschaft zum Aufbruch. Während die San auf dem Weg in die materielle Kultur sind, schicken sich die elektronischen Nomaden an, die materielle Kultur abzuschütteln. Vielleicht treffen sich beide schlußendlich mit ihren Kisten auf dem Weg in eine postmaterielle Lebenswelt. Die einen – die San – haben das Ohr am Magnetband, das sich im Kassettenrecorder abspult, die anderen lassen sich ein Gummiband an das Bein binden und springen von der Brücke in die Tiefe der Victoria Falls. In beiden Fällen zählt nicht das Objekt, das Band, sondern das, was es an Erlebnis ermöglicht. Die Dinge überleben nur noch, soweit sie Brücken zum Erlebnis sind, Erlebnismittler. Ein Sessel ist ein Sessel, ein Videorecorder ist eine Brücke in virtuelle Welten.

Die Älteren, die noch in Sesseln sitzen, verstehen das eher ironische Verhältnis der Jüngeren zu den Dingen nicht.

Tamagotchi zum Beispiel, das kleine elektronische Ersatztier, das innerhalb von Monaten allein in Japan zehnmillionenfach verkauft worden ist, das gepflegt werden will, das gesäubert werden muß, psychische und physische Zuwendung braucht. Tamagotchis sind virtuelle Haustierchen (*das hyperinteraktive digitale Haustier*), die auf virtuellen Friedhöfen im Internet beerdigt werden, wenn sie gestorben sind. Da seufzt der Kulturkritiker. Fast könnte man denken, daß Tamagotchi eigens erfunden wurde, um die Kritik an der Elektronifizierung der Welt symbolisch greifbar zu machen. Man könnte dem Kritiker aber entgegenhalten, daß es doch besser ist, diese elektronischen Wauwaus (*needs constant care & attention*) an den Handgelenken der Kinder zu sehen, als daß der zum Weihnachtsfest geschenkte Hund in der Ferienzeit am ersten Parkplatz ausgesetzt wird oder die Straßen verdreckt und überhaupt als lebendes Wesen zum Spielzeug für Kinder mißbraucht wird. Lieber fünf Millionen Tamagotchis als fünf Millionen Terrier, die zum Pläsier mißratener Kinder existieren.

Aber so einfach ist es nicht. Das Internet bietet – wie gesagt – einen virtuellen Friedhof für Tamagotchis. «Dein Tamagotchi ist gestorben? Wir sind uns sicher, es war Deine Schuld. Halb so wild ... Gebe Deinem Tamagotchi wenigstens die letzte Ehre, und ein Plätzchen das er verdient hat.»[1] Dazu gehört ein Fragebogen, auf dem man auch ankreuzen kann, wie der verstorbene Tamagotchi beerdigt werden soll: im Eierkarton, im biologisch

1 http://www.citypilot.com/guestlog.htm. Der Verfasser hat Kommasetzung und Gramatik naturbelassen.

abbaubaren Leinenbeutel, in einer Pyramide, im Leichentuch, im Groschengrab. Spätestens hier wird einem klar, daß die Kids so dumm nicht sind: Sie haben ein ironisches Verhältnis zu ihrem Tamagotchi. Tamagotchi ersetzt nicht wirklich den kleinen Hund aus Fleisch und Blut, sondern bereitet die Kids darauf vor, daß die Welt der Objekte unfaßbar wird, daß die Objekte sich verflüchtigen und daß man dementsprechend auch ein eher flüchtiges, ironisches Verhältnis zu den Pseudodingen pflegt. Auf dem Minibildschirm des Tamagotchi rennt und springt der Hund, der in der Wirklichkeit viel zu teuer, zu anstrengend und viel zu unmoralisch wäre.

Und Tamagotchi lehrt die Tugenden des elektronischen Zeitalters: pünktlich die Taste drücken. Im Tamagotchi-Hund verschmilzt das Spielzeug mit dem künftigen Arbeitsgerät – so wie im PC die Trennung zwischen der Welt der Arbeit und der Freizeit verschwindet. Das Leiden am elektronischen Tod des Tamagotchi ist ein virtualisiertes Leiden, ein selbstironisches Leiden. Tamagotchi lehrt den Abschied von den Objekten. Vielleicht lehrt es die Kleinen auch, die eigene Existenz ironisch zu nehmen. Eines Tages wird ja auch die Schwester auf der Intensivstation den altgewordenen «Tamagotchi» ausknipsen. Ein Computerprogramm des Londoner Chirurgen und Software-Entwicklers René Chang sagt den Ärzten, ob sich eine weitere Behandlung des Kranken noch lohnt. Ein grün leuchtendes Bett auf der Benutzeroberfläche heißt «moderates Risiko», ein gelbes Bett steht für «hohes Risiko». Das rote Bett bedeutet «volles Risiko». Das rote Bett bedeutet, daß der Patient keine Überlebenschance hat und nach Ansicht des Computers sterben wird.[1]

1 Zit. in Natur 4, 1997, S. 11 f. Vgl. Reimer Gronemeyer / Wilfried Lamparter: Die Verwaltung des Körpers, in: J. Blume / F. Bremer / J. Meier (Hg.): Ökonomie

Das Leben – so lernen wir – wird tamagotchiförmig.

Wir werden gegenwärtig zu Zeugen, Mittätern und Mitgerissenen in einer kulturellen Revolution, die Ältere vor allem als eine Sinnkrise, als Zusammenbruch traditioneller Werte erleben, während Jüngere sie fast selbstverständlich adaptieren. Die Älteren beschimpfen und bedrohen die Spaß-Generation[1], die Pflicht, Arbeit, Prinzipien nicht mehr kenne; die Jüngeren schwingen sich derweil gelassen und fasziniert im elektronischen Dschungel von Liane zu Liane, weil die Grenze zwischen Arbeit und Freizeit undeutlich geworden ist. Haben sich die Älteren noch mit dem verdinglichten Bewußtsein herumgeschlagen, Objekte um sich geschart, sie gesammelt und gehegt, so wird im Tamagotchi symbolisch der Augenblick fühlbar, wo eine neue Generation den Dingen nur noch eine untergeordnete Bedeutung zuerkennt. Die Älteren konnten von Werten und Normen reden, als wären sie gegenständlich, als wären sie Objekte – wie abgefüllte Marmelade im Kellerregal.[2] Die Tamagotchi-Generation weiß, daß weder die Dinge noch die Werte faßbar sind. Zu Objekten und Werten haben sie ein dementsprechend flüchtiges, entgegenständlichtes Verhältnis.

Ein Bauer des Jahres 1750 *nach* Christus stand einem Bauern, der im Jahre 1750 *vor* Christus gelebt und gearbeitet hat, vermutlich näher als ein Proletarier des 18. Jahrhunderts seinem Sohn, der im Jahre 1780 eine radikal veränderte Welt vorfand

ohne Menschen. Zur Verteidigung der Kultur des Sozialen, Neumünster 1997, S. 59–64.

1 So Sigrid Löffler (Die Spaß-Generation hat sich müde gespielt, in: Die Zeit vom 29. Nov. 1996). Gereizt verteidigt sie sich gegen Hermann Hesses Rede vom feuilletonistischen Zeitalter. Die heroisch-asketische Gegenbewegung gegen das Getändel des Feuilletons, die sich der grinsenden Gegenwart entzieht (Hesse), die kriegt's von Sigrid mit dem Löffel.

2 So Thomas Bernhard: Die Auslöschung, Frankfurt/M. 1996.

und sich darin zurechtfinden mußte. So ähnlich ist es jetzt. Die Älteren stehen heute dem Arbeiter und Bürger der Französischen Revolution näher als den Kindern, die sich mit ihren elektronischen Geräten schon in einer anderen Epoche bewegen.[1]

Es ist ein gewohntes Spiel: Die Älteren neigen dazu, das Neue, das da anbricht, als Barbarei zu betrachten. Aus ihrer Sicht übrigens zu Recht. So war es vor fast zweitausend Jahren schon einmal: Für den gebildeten Griechen des ersten nachchristlichen Jahrhunderts oder den gelehrten Juden aus Jerusalem waren die ersten Christen Barbaren – ein Haufen von Sklaven, Handwerkern, Analphabeten, Holzköpfen. Und es hat tausend Jahre gedauert, bis aus dieser Barbarei eine Kultur wurde.

An einer solchen Bruchlinie stehen wir heute wieder. Am deutlichsten ist dieser Bruch dadurch markiert, daß sich die Menschen von der Arbeit zu emanzipieren begonnen haben. Der Mensch – so sagt der Nobelpreisträger Wassily Leontief[2] – verschwindet aus der Arbeitswelt, wie das Pferd aus der Landwirtschaft verschwunden ist. Seit dem Ende des Mittelalters ist der Homo laborans geschmiedet worden, jenes moderne Wesen, das sich durch die Fähigkeit auszeichnet, regelmäßig und ohne Murren Arbeitskraft abzusondern. Dieser Homo laborans hat sich durch einen festen prinzipienorientierten Charakter, durch eine klar umrissene Persönlichkeit ausgezeichnet, er lebte in Familienverbänden – die Männer suchten regelmäßig Fabrik oder Büro auf, während die Frauen kochten, Kinder erzogen und zur Kirche eilten. Alle wußten, was der Sinn ihres Lebens war (eingespannt zwischen die Sorge für Familie, Na-

1 Vilém Flusser, a.a.O., S. 83.

2 Zitiert bei Jeremy Rifkin: Das Ende der Arbeit und ihre Zukunft, Frankfurt/M. 1995, S. 19.

tion und Aufstieg) und betrachteten sich als Teile einer örtlich und zeitlich fixierten Gesellschaft.

Dieser durch die Arbeitsgesellschaft geprägte Mensch mit stählernem Charakter stirbt aus. Er hat Kinder und Objekte um sich akkumuliert, ist für Ideen und Wahrheiten eingetreten, notfalls gestorben, die fast gegenständlichen Charakter hatten: Wahrheit und Sinn waren schwergewichtig und faßbar wie eine Clubsesselgarnitur.

## Abschied vom verdinglichten Bewußtsein

Der neue Mensch geht nicht mit Dingen um, sondern mit Informationen, mit Symbolen, Codes, Systemen, Modellen. Die klare Grenze zwischen Arbeit und Freizeit verschwindet. Sinnblöcke sind abgeschmolzen, der rote Faden des Lebens ist in Schnipsel zerfallen. Das Ich und die Welt, in der dieses neue Wesen lebt, bleiben davon nicht unberührt. Der neue Mensch hat begonnen, in einer undinglichen Zukunft zu leben.

*Ich glaube, daß wir mit weniger Energie, mit weniger Sinn-Suche, mit weniger Bündelung besser dastehen. Die Tatsache, daß wir seit mehreren Jahrzehnten mit Argumenten leben können, die wir nicht benutzen, wie die Atombombe, ist ein Indiz dafür. Die Nichtbenutzung von Wissen, die Nichtbenutzung von Informationen scheint mir eine Ressource der Zukunft zu sein … Mit kleineren Quoten an sogenannte Probleme heranzugehen. Mit kleineren Energien … So schön Sinn ist, so schwachsinnig ist meistens die Suche danach.*[1]

1 Jochen Gerz: Der Künstler als Pixel, in: Lettre 37, 1997, S. 95.

Niemals kann derselbe Mensch in denselben Fluß steigen, sagt Heraklit. Die Epoche der Dinge wird rückblickend erkennbar als der Versuch, doch – wider den Lauf der Welt – in denselben Fluß steigen zu können: Die Welt der Dinge sollte eine Staumauer sein, mit der das davonfließende Wasser aufgehalten werden soll, um doch! doch! wieder in denselben Fluß steigen zu können. Es ist ja bemerkenswert, daß in dem Augenblick, da die Lawine der Erzeugung von Dingen richtig losgetreten wird – mit dem Aufschwung der Industriegesellschaft –, daß in diesem Augenblick Adam Smith die Haltbarkeit der Dinge zur Vorbedingung dessen macht, was er «Werte» nennt.[1] Mit den haltbaren Dingen schwinden nun nicht zufällig die haltbaren Werte.

Im August 1997 veröffentlichten deutsche Friedensforscher eine Studie, in der sie warnen, daß gegenwärtig ein unbeabsichtigter atomarer Raketenschlag wahrscheinlicher sei als ein neues Tschernobyl. Die russischen Interkontinentalraketen befinden sich offensichtlich in einem so katastrophalen Wartungszustand, daß sie ohne menschliches Zutun von Computern, für die Ersatzteile fehlen, von Zeit zu Zeit in Alarmbereitschaft versetzt werden. Die Mannschaften, die für die Wartung und den Start der Atomraketen zuständig sind, leiden – so wird berichtet – unter Hunger. Die Mangelernährung hängt auch damit zusammen, daß über Monate kein Lohn gezahlt wurde.[2]

Auf eine skurrile und dramatische Weise wird das Welken der Dinge an diesem Bericht deutlich: Die hungrigen russischen Soldaten an den Knöpfen und Tastaturen symbolisieren jene rasant zunehmende Aufspaltung der Menschheit in reiche und

1 Hannah Arendt, a.a.O.
2 Bericht in der Süddeutschen Zeitung vom 24. August 1997.

arme Lebewesen, sie konkretisieren den neuen asozialen Gesellschaftsvertrag. Da begegnen sich an den atomaren Kommandobrücken die Dinosaurier des Zeitalters der Objekte – die Raketen – und die menschliche Massenware, die eigentlich schon längst nicht mehr gebraucht wird.

## Von Geizkragen und Kaufsüchtigen

«Die tiefste Demütigung der Reichen, daß sie alles kaufen können; sie glauben dann, es ist wirklich alles.»[1] Man möchte Elias Canetti da widersprechen. Es scheint, als wüßten die Reichen, jedenfalls die nicht gänzlich dummen, daß es so nicht ist. Der krampfhafte Versuch, dem Leben mit Geld beizukommen, schmeckt schon schal beim ersten Schluck. Dennoch gelten alle banalen Sprüche, die der Volksmund dazu erdacht hat: *Geld regiert die Welt! Geld macht nicht glücklich, aber es beruhigt die Nerven* usw. Und es war den Steinmetzen des Mittelalters offensichtlich ein großes ästhetisches Vergnügen, den Reichen so darzustellen, daß er mit seinem Geldbeutel um den Hals von ebendiesem Geldsack in die Hölle gezogen wird. Sind das die Sprüche und Bilder, die aus dem Neid der Besitzlosen entspringen, oder gilt die durch die Philosophie- und Kulturgeschichte kontinuierlich belegte Feststellung, daß der Besitz der Dinge den Blick auf das Leben verstellt? Protest der armen Schlucker oder Summe der menschlichen Weisheit? Immerhin hat der Kaiser Marc Aurel, der ebenso mächtig wie reich war, in seinen Selbstbetrachtungen unaufhörlich die Bedrohung beschrieben, die von Geld und Macht ausgeht.[2] Das Wissen darum, daß das Geld mit dem Tod liiert ist und nicht mit dem Leben, kann also allen sichtbar sein – sogar den Reichen.

Vom Welken der Dinge haben wir gesprochen, von einer

1 Elias Canetti: Fliegenpein, Frankfurt/M. 1992, S. 45.

2 Marc Aurel: Wege zu sich selbst, München 1990.

Entwicklung also, die das Gewicht der Dinge verringert und den Verbrauch von Erlebnissen in den Vordergrund schiebt. Aber selbstverständlich ist der Alltag der Europäer noch immer ein Alltag, der sich in zentraler Weise um die Akte des Kaufens und Konsumierens formiert. Auch wenn – wie gesagt – die Konsumspezialisten um Verschmelzung von Kaufen und Erleben bemüht sind: das Karstadt-Strategieteam hat ein Konzept entworfen, nachdem das Kaufhaus nicht mehr Kaufhaus, sondern *Lebenshaus* sein soll. Der *neue Konsument wünscht mehr Abwechslung* und *die Befriedigung immaterieller Sehnsüchte*. Das Kaufhaus als Lebenshaus ist *Handlungsraum für die Lebensbereiche Essen und Trinken, Multimedia, Sport, Personality, Fashion und Living*. Das Kaufhaus als Ort, an dem immaterielle Sehnsüchte befriedigt werden: das belegt noch einmal das Phänomen, das wir *das Welken der Dinge* genannt haben. Aber das Stocken des Konsums, das der Handel spürt und das sich den Händlern als Störung im Verhalten der Konsumenten darstellt, ist inzwischen ein durchschlagendes Phänomen.

So gibt es inzwischen sogar eine wachsende Geizhals-Bewegung. Sie ist in den Niederlanden zuerst aufgetaucht – man möchte an ein Zucken calvinistischer Motive denken. Die Geizhälse haben sich zusammengetan und eine Zeitschrift gegründet, in der sie Tips verbreiten, wie man mit sowenig Geld wie möglich auskommt. Die Zeitschrift *Genug* enthält in ihrer ersten Ausgabe zum Beispiel ein Rezept für eine Linsensuppe, die 21 Pfennig pro Teller kostet.

Das holländische Ehepaar Hanneke van Veen und Rob van Eeden gibt die Geizhälse-Zeitschrift *Vrekkenkrant* heraus; sie verdienen zusammen 6000 DM und geben nur 1800 DM aus, sie wollen ein Blatt für den durchschnittlichen Überkonsumenten machen. Auch ökologische Aspekte fließen ein: «Wenn du sagst, tu dies oder das für die Umwelt, sagen alle ja, aber sie machen es nicht lange. Das ist viel zu abstrakt. Man muß ein direktes Resultat sehen. Du mußt sagen: Tu es für dich, ganz egoistisch! Da ist die Motivation sehr stark. Und wenn es gleichzeitig der Umwelt hilft, um so besser.» Rob ist der Meinung, daß seine Frau im Geizen schon eine höhere Stufe erreicht hat: «Sie ist schon eher wie eine Heilige. Im Geizhals-Nirwana sozusagen.»[1] Daß das Motto der beiden *Knausern Sie sich reich!* mit Askese nichts zu tun hat, ist evident.

Knauserer fühlen sich auch in Deutschland als Trendsetter: Carsten Malin gibt höchstens eine Mark pro Tag für Essen aus. Ernst Nobis geht in seinem Düsseldorfer Wohngebiet in Glascontainern auf Jagd nach Pfandflaschen.[2] Auch bei ihm ist der Geiz nicht aus der Not geboren, sondern – so kann man wohl sagen – ein neurotischer Zug; er sucht Geborgenheit im Sparsamkeitstrend der Gegenwart. Sparsamkeit als die pervertierte Form des Konsums. Konsumiert wird der Girokontenauszug.

## Dein Feind, der Zwangssparer

Malini Devraj, eine Managerin in den Vierzigern, arbeitet in einer Werbeagentur in Delhi, Indien. Oft stellt sie sich die Frage: *Why can't I spend?* – Warum kann ich für mich nichts ausgeben? Sie ist mit ihrem Hang zum Zwangssparen nicht allein. Nandini Ravindran, Collegelehrerin, kann dem Wunsch ihres

1 Bericht im Zeitmagazin vom 11. Oktober 1996. Vgl. auch Hanneke van Veen / Rob van Eeden: Knausern Sie sich reich! Geizhälse haben mehr vom Leben, Landsberg / L. 1996.
2 Stern 25, 1997.

Ehemannes, im Urlaub doch einmal zu verreisen, einfach nicht nachgeben, obwohl das Geld da ist.

Es gibt, so kommentiert der Psychologe, Zwangsfresser und Magersüchtige. Ebenso gibt es *over-spender* und *under-spender:* Konsumsüchtige und zwanghafte Sparer eben. Wenn Zwangssparer Geld ausgeben, fühlen sie sich ungeschützt. Deshalb hat sich Ravi Thukral, 34 Jahre alt, schließlich sogar zu therapeutischen Schritten entschlossen. «Ich mußte lernen, für mich Geld auszugeben.» Ravi kann seine Gewohnheiten natürlich nicht über Nacht ändern, aber er müht sich redlich. Und er weiß, daß er nun auf dem Weg ist, seine Persönlichkeit zu entwickeln. Er fühlt sich gesünder: «Allmählich habe ich Spaß daran bekommen, für mich Geld auszugeben, sogar wenn ich Kleidung einkaufe. Ich sehe nicht mehr auf den Preis und habe so einen Sinn für ‹personal power› entwickelt.» Ravi lernt, Schuldgefühle beim Geldausgeben zu unterdrücken. Der Psychologe gibt sogar den Rat: Geplantes Geldausgeben wird deine Sicherheit eher steigern als sie gefährden.

Der Artikel, der über die Leiden von Zwangssparern berichtet, ist illustriert mit den Fotos eines jungen Dressman, dessen Edelklamotten aus einer Boutique in Paris, London oder Hongkong stammen könnten. Seine Frisur hat die gepflegte Lässigkeit und Unordnung, von der man weiß, daß sie ebenso mühsam wie professionell hergestellt ist. Den Dressman umgibt die Aura des erfolgreich vom Zwangssparen geheilten Idealkonsumenten. So vermittelt der Bericht einen Eindruck von den Sorgen und Problemen jener globalen Mittelschicht, die die Kundschaft von Flughäfen, Autosalons, Ärztehäusern, Einkaufspassagen und Bildungseinrichtungen sind. Der Dressman trägt bereits das Gesicht und die Kleider jener globalen Mittelschicht, und die Ausführungen über Zwangssparer machen unverblümt deutlich, daß zum Verhaltensrepertoire eines erfolgreichen Angehörigen dieser globalen Mittelschicht auch die Fähigkeit zum Ausgeben gehört: Wer spart, ist krank. Der Sparer verleugnet sich selbst und – ultimativer Schrecken! – tendiert dazu, ein spartanisches Leben zu führen.

Daß Diagnose und Therapie des Zwangssparers sich in einer Broschüre der Air India finden[1], mag einen Europäer merkwürdig berühren. Jeder siebte Mensch ist ein Inder, weiß man. Davon leben die meisten unterhalb des Existenzminimums. Und hier über den Wolken gibt's keine anderen Sorgen als die Krankheit des Zwangssparers? Doch genau betrachtet kann man es gar nicht schöner serviert bekommen: Die Weltgesellschaft beginnt das Zeitalter der Nationen hinter sich zu lassen, und es bricht eine Epoche an, in der die *global player* über den Wolken weltumspannend ihre Gesichter, Frisuren, Gewohnheiten, Kleidungsstücke und Verhaltensweisen aneinander angleichen, während die bodennahen Überlebenskämpfe der Armen sich in entsprechender Weise weltumspannend ähnlich zu werden beginnen. Zwei Klassen entstehen da, die allerdings nicht wie Kapitalisten und Arbeiter kämpferisch aufeinander bezogen sind. Sondern zwei Klassen, die abgelöst sind von den altgewordenen Nationen und gewohnten Orten und ein humanoides Doppelband darstellen, das sich um die ganze Welt schlingt. Die einen in verbarrikadierten Villen mit Videoüberwachung, die anderen in Plattenbauten und Plastiktütenhütten, in Kartons und Schlafsäcken.

1 Swagat, Magazin der Air India, Dezember 1996.

Der eine kann nicht richtig Geld ausgeben, der andere kann's nicht lassen. Zum Bild der weltumspannenden Geldgesellschaft gehört natürlich auch der Zwangsshopper. Fast zwanzig Prozent der deutschen Männer und Frauen könnten nach einer Studie von Konsumtheoretikern der Universität Hohenheim kaufsuchtgefährdet sein.[1] Vor allem Singles und kinderlose Paare begeben sich auf den Kauftrip wie andere in die Dealerszene. «Jeder zweite Single im Alter von 25 bis 49 Jahren hat mittlerweile das Gefühl, in der Freizeit zuviel Geld auszugeben.»[2]

Für die Betroffenen ist der Akt des Einkaufens eine Art Pseudotherapie, mit der sie – so behaupten Beobachter der Szene – ihrem mangelnden Selbstwertgefühl zu entkommen versuchen. Dem Gefühl der Leere, dem Empfinden, nicht geliebt zu werden, versucht man durch die Einverleibung von Waren entgegenzuwirken.

*Martina Koslowskis Mutter hatte nie Zeit für sie, konnte ihr wohl auch keine Liebe geben, Zuspruch und Zärtlichkeit kannte sie nicht. Sie gab dem Kind die Schuld daran, daß sie nach dem frühen Tod von Martinas Vater nicht wieder geheiratet hatte. «Wenn du nicht gewesen wärst ...» und «ich habe auf alles verzichtet» hielt sie ihr vor. Martina wuchs ohne Liebe auf, war voller Schuldgefühle, empfand sich als häßlich, hatte immer*

1 Gerhard Scherhorn / Lucia A. Risch / Gerhard Raab: Kaufsucht. Bericht über eine empirische Untersuchung, Stuttgart, 9. durchgesehene Fassung, November 1996, Universität Hohenheim, S. 27.

2 Studie des B.A.T. Forschungsinstitutes, zit. in der Frankfurter Rundschau vom 26. Oktober 1996.

*das Gefühl, zu kurz zu kommen. Mit sechzehn Jahren, als sie der Mutter im Geschäft helfen mußte, aber dafür weder Lohn bekam noch Anerkennung fand, nahm sie schließlich aus der Kasse Geld, um sich kosmetische Artikel zu kaufen … Es ist eine unklare, ungreifbare Angst davor, nicht angenommen, nicht beachtet, nicht existent zu sein. Wenn sie Kleider, Kosmetika, Schuhe oder Schmuck kauft, tritt diese Angst für eine Weile in den Hintergrund. Sie ist darauf so sehr angewiesen, daß sie selbst von sich sagt, das Kaufen beherrsche ihr Leben. Um zu kaufen, fährt sie in die nächste Großstadt; sie «muß einfach» von Zeit zu Zeit raus aus der Kleinstadt, in der sie aufgewachsen ist und heute noch im Haus der Mutter lebt. Dort ist sie kraftlos, liegt oft im Bett, flieht in den Schlaf.*[1]

Für die kaufsüchtige Annemarie Schreiber ist es, «als ginge die Sonne auf, Wärme durchflutet mich, und ich fühle mich nicht mehr abgestorben» – wenn sie ihrem Shoppingbedürfnis nachgibt. Die Zahl der im engeren Sinne Kaufsüchtigen mag gering sein. Die Zahl derer aber, die die Kälte ihres Lebens durch Akte des Kaufens zu überwinden versuchen, dürfte groß sein. Das Kaufhaus und die Boutique sind für viele Menschen de facto Wärmestuben, in denen sie der metaphysischen Obdachlosigkeit und der allumfassenden Kälte kaufend zu entkommen versuchen.

Nach einer Untersuchung von Carolyn Wesson verbrachten die amerikanischen Männer und Frauen in den achtziger Jahren mehr Zeit in Einkaufszentren als auf dem Sportplatz, in ihren Gärten, mit Lesen oder beim Spiel mit ihren Kindern. Siebzehn Prozent (mehr Männer als Frauen übrigens) geben an, daß für sie Kaufen wichtiger ist als Sex. Es ist schon skurril, wenn eine

1 Scherhorn u. a., a. a. O., S. 31 f.

einschlägige Zeitung wie das *Wall Street Journal* von einer «Seuche» spricht – und die Kauflust als amerikanische Nationalkrankheit bezeichnet.[1] Schließlich ist das *Wall Street Journal* eine Art Dealerzeitung des *mundus consumens*. Insbesondere hat die Kreditkarte zu einem lockeren Umgang mit Geld geführt, der für die Väter und Mütter noch undenkbar war. Je mehr das Geld als anfaßbare Münze oder als Papier verschwindet, desto ungebremster kann sich die Sucht des Ausgebens entfalten. Dem virtuellen Geld entsprechen virtuelle Schulden.

Entsprechend stürzen die Altheiligen der Marktgesellschaft. Rockefeller, der den Pfennig aufhebt und die Büroklammer geradebiegt: Der wies mit diesen Sparsamkeitstugenden einmal dem Tellerwäscher den Weg zum Aufstieg. Dieser Rockefeller gehört in die Rumpelkammer, in die die asketischen Unternehmer verbannt wurden.

Ikonen der Konsumgesellschaft waren Imelda Marcos und Jackie Kennedy – sie wirken heute wie Fossilien der Epoche konsumistischer Exzesse. Imelda Marcos ließ – als das Marcos-Präsidentenehepaar die Philippinen verlassen mußte – 3000 Paar Schuhe zurück, ganze Zimmerfluchten mit Kleidern boten sich den Reportern dar. Oleg Cassini hat pro Jahr einhundert Kleider für Jackie Kennedy genäht. Im Jahre 1962 gab Jackie das Jahresgehalt des Präsidenten der Vereinigten Staaten für ihre persönlichen Bedürfnisse aus. Und ihre Ehe mit Onassis erlaubte ihr, den Schnitt zu steigern. Nun gab sie pro Minute 3000 Mark aus.

Jayalalitha Jayram verkündete 1992 bei ihrem Amtsantritt als Ministerpräsidentin im Bundesstaat Tamil Nadu, daß sie monatlich ein Gehalt von nur einer Rupie beziehen würde. Als

1 Zit. Monica Weber-Nau: Ein Wunsch, so brennend wie Durst, in: Frankfurter Rundschau vom 26. Oktober 1996.

sie 1997 wegen Korruption verhaftet wird, findet man bei einer Hausdurchsuchung 28 Kilo Gold, 800 Kilo Silber, 19 Autos, 750 Paar Schuhe. In den Kleiderschränken stapelten sich 10500 Saris. Frau Jayram würde dreißig Jahre brauchen, um jeden Tag einen ihrer Saris zu tragen.[1] «Als Maß für den Besitz soll jedem der Körper gelten, wie für den Schuh der Fuß. Bleibst du dessen eingedenk, so wirst du Maß halten. Andernfalls geht es unaufhaltbar die abschüssige Bahn hinab. Es ist wie mit dem Schuh: gehst du über das Bedürfnis des Fußes hinaus, so wird er zuerst vergoldet, danach mit Purpur verbrämt, endlich gar gestickt. Ist einmal das Maß überschritten, so gibt es keine Grenze mehr.» So sagt der Philosoph Epiktet[2],über den wir nur wissen, daß er ein freigelassener Sklave war, etwa 50 n. Chr. in Phrygien geboren wurde – und daß er lahm und unverheiratet war. Soviel zu den Schuhen von Frau Marcos und Frau Jayram.

## Wenn der Einkaufsdrang zuschlägt

Man weiß nicht, ob man lachen oder weinen soll, wenn man in einem einschlägigen *Selbsthilfeprogramm für Einkaufssüchtige* blättert.[3] Tips werden gegeben: «Sagen Sie sich, daß der Drang (zu kaufen) eine Erscheinung außerhalb Ihrer selbst ist und daß er vorbeigehen wird.» Geraten wird den Lesern zu einem Vertrag, den der Süchtige mit sich selbst abschließen soll. Rosa Standhaft unterschreibt: «Wenn ich den Drang zum Einkaufen

1 Bericht in: Frankfurter Rundschau vom 13. Januar 1997.

2 Epiktet: Handbüchlein der Moral und Unterredungen, Stuttgart 1984, S. 44 (Nr. 39: Über den Luxus).

3 Ellen Mohr Catalano / Nina Sonenberg: Kaufen, kaufen, kaufen … Wegweiser für Menschen mit zwanghaftem Kaufverhalten, Stuttgart 1996.

verspüre, werde ich meine Empfindungen so bald wie möglich meinem Therapeuten mitteilen … Ich werde meinem Mann alle Kreditkarten aushändigen …» Der Höhepunkt des Selbsthilfeprogramms ist eine Liste von Alternativen zum Einkaufen: «Wenden Sie sich durch Meditation, über Gebete oder andere Übungen an die höhere Macht, an die Sie glauben, und bitten Sie um Führung und Kraft.» Oder schließlich: «Legen Sie einen Komposthaufen an. Das ist einfach, billig und mit sehr wenig Geruch verbunden.»

Gott oder der Komposthaufen: das ist egal, Hauptsache es hilft gegen die Kaufsucht. Es ist die grenzenlose Beliebigkeit, die vollständige Vermüllung der Welt, die Vernichtung jeden Ernstes, die aus diesem Programm glotzt. Die Liste der Vorschläge (Haustier, Dachboden, höhere Macht, Komposthaufen) hat ja Katalogcharakter. Vor den Kaufkatalogen, die ins Haus gebracht werden, wird eindringlich gewarnt. Die ganze zeitgemäße Verzweiflung springt einen aber darin an, daß dem Katalog der Waren ein Katalog von Verhaltensweisen entgegengestellt wird, der von der Anbetung des höheren Wesens bis zur Anlage des Komposthaufens alles auf eine Ebene hebt. Es kann keine Frage sein, daß die Konsumgesellschaft Menschen in Notlagen bringt, daß Menschen an ihrer Einkaufssucht verzweifeln und sich und ihre Familie zugrunde richten. Eine umfassende verzweiflungsvolle Juxpartie: Die Verschuldung der öffentlichen Haushalte kehrt in der Verschuldung der privaten Haushalte wieder.

Das Gegenüber von *under-spender* (Zwangssparer) und *shopaholic* (dem Konsumsüchtigen) beschreibt die Abweichungen des Marktsubjektes von der Normalität des Marktes. Das Ganze mutet an, als würden die Menschen mit einer Konsumbulimie oder ein Konsumanorexie auf die Zumutungen der Marktgesellschaft reagieren.

## Wabi-sabi: Von der Askese in den Dingen

«Die Zeiten, in denen ein Mehr an Waren und Dienstleistungen auch ein Mehr an Lebensqualität bedeuten, sind vorbei.» So resümiert die Studie *Zukunftsfähiges Deutschland*.[1] Künftig müssen ressourceneffiziente Produkte und Dienstleistungen an die Stelle verschwenderischer treten, damit auch kommende Generationen noch Lebenschancen haben. «Jedes Produkt und jede Dienstleistung ist auf ihrem gesamten Lebensweg mit Energie- und Stoffumsätzen verknüpft.» Der ökologische Rucksack der Dinge und Dienstleistungen muß in Augenschein genommen und reduziert werden. «Sparsamkeit, jene alte Regel haushälterischen Denkens, bekommt einen neuen Klang – nicht als Pfennigfuchserei, sondern als Achtsamkeit für die Masse an Natur, die jemand für sich privat ‹vernutzt›.»

Niemand wird die sorgfältigen und vielfältigen Vorschläge der Studie ignorieren können. Das Problem jedoch ist, daß der Verzicht nicht von den Menschen, sondern von den Dingen erwartet wird. Die Askese wird gewissermaßen in die Produkte und Dienstleistungen eingelagert. Daraus wird dann die Behauptung abgeleitet, daß *Weniger mehr* sei. Sparsam soll der Motor, die Waschmaschine, die Glühbirne, der Ölbrenner sein.[2]

1 Zukunftsfähiges Deutschland. Ein Beitrag zu einer global nachhaltigen Entwicklung. Eine Studie des Wuppertal Instituts im Auftrag von BUND und MISEREOR, Bonn und Aachen 1995.

2 *Sparsame Haushaltsgeräte im Überblick* stellt die Arbeitsgemeinschaft der Verbraucherverbände im September 1997 vor. Sparsamkeit wird zur Tugend der Geräte. Mit seinen neuen V8-Modellen nimmt Jaguar Abschied von seiner

Es kann also alles beim alten bleiben, wenn nur der ökologische Rucksack der Dinge leichter wird. Vermutlich ist das für die Durchsetzungsfähigkeit der Studie und die Akzeptanz der Message sehr klug gesagt. Ausgespart bleibt dabei aber die Frage, ob der Strom der Waren und Serviceleistungen nicht selbst destruktiv ist. Meint man niemandem die Mitteilung machen zu dürfen, daß es auch – wollen wir die ökologischen und psychischen Krisen meistern – um wirklichen, unversteckten, persönlichen Verzicht geht?

Das Dreiliterauto ist ein wichtiges Ziel, darf aber nicht die Frage vergessen lassen, ob nicht die hektisch steigende Mobilität zum Kern des Problems geworden ist. Auch wenn eines schönen Tages alle Teile des Altautos recycelbar sind, ist damit das Phänomen wirrer Mobilität und Beschleunigungssucht noch nicht ins Auge gefaßt. Die türkische Regierung schreibt, nebenbei bemerkt, den Autofahrern bereits vor, künftig einen Leichensack (reißfest, 220 × 95 cm) in jedem Auto mitzuführen. Nicht nur die Entsorgung des Autos, auch die der gegebenenfalls anfallenden Leiche ist geregelt.[1]

## Zen oder Die Lust an der Einfachheit

Von einer anderen Askese in den Dingen redet eine japanische Tradition. *Wabi-sabi* bezeichnet die «Schönheit unvollkommener, vergänglicher und unvollständiger Dinge, es bezeichnet die Schönheit anspruchsloser und schlichter Dinge, es bezeichnet

Zwölfzylindertradition und wirft damit den *asketischen Jaguar* auf den Markt (Der Spiegel 36, 1997).

1 Bericht in: Kleine Zeitung (Österreich) vom 4. September 1997.

die Schönheit unkonventioneller Dinge».[1] Wabi-sabi steht in engem Zusammenhang mit dem Zen-Buddhismus, man könnte Wabi-sabi als das *Zen der Dinge* bezeichnen. Erkenntnisse, das ist eine der Grundlehren des Zen, können nicht durch das geschriebene oder gesprochene Wort übermittelt werden: «Wer weiß, spricht nicht / Wer spricht, weiß nicht.»[2]

Nur Dinge und Rituale können Träger von Erkenntnissen sein: Wabi-sabi ist die charakteristische Ausprägung dessen, was traditionelle japanische Schönheit sein will. Wabi-sabi-Objekte erscheinen auf den ersten Blick schlicht, kunstlos, etwas bäuerlich in ihrer Oberflächenstruktur. «Die selbstauferlegte Isolation und die freiwillige Armut des Einsiedlers und Asketen wurden (seit dem 14. Jahrhundert in Japan) ... als Möglichkeit aufgefaßt, geistigen Reichtum zu erlangen.»[3] Damit erhielt eine auf den ersten Blick wenig einnehmende Schlichtheit eine eigene Bedeutung als Basis einer neuen, reinen Form der Schönheit. Wabi-sabi kommt aus der japanischen Askesetradition. Während die Gegenstände der Moderne nahtlos, blankpoliert und glatt sind, zeichnen sich Wabi-sabi-Objekte dadurch aus, daß sie rauh, unvollkommen und in ihrer Farbgebung unregelmäßig sind. Die Ding-Philosophie des Wabi-sabi sagt: *Alle Dinge sind vergänglich.* Ob Planeten, Sterne, Familienerbe, mathematische Beweise, Werke der Literatur und Kunst – alles gerät schließlich in Vergessenheit und endet im Nichts. *Alle Dinge sind unvollkommen.* Nichts, was existiert, ist ohne Mängel. *Alle Dinge sind unvollständig.* Alle Dinge, einschließlich des Universums, befinden sich in einem

1 Leonard Koren: Wabi-Sabi für Künstler, Architekten und Designer, Tübingen 1995.

2 Lao-tse, Tao-te-king, Kapitel 56. Zitiert nach Leonard Koren, a. a. O., S. 16.

3 Ebd., S. 21 f.

ununterbrochenen, niemals endenden Zustand des Werdens und Vergehens.

So sind der Baum, der im Winter nur noch eine Ansammlung von verdorrten Ästen darstellt, und der Herrensitz, von dem nur noch Fundamente geblieben sind, überwuchert von Moos und Unkraut, Beispiele für Wabi-sabi. Wabi-sabi-Objekte – so Leonard Koren – vermitteln ein Gefühl von existentieller Verlassenheit und zarter Traurigkeit. «Doch sie lassen in uns zugleich gemischte Regungen bittersüßen Trostes aufkommen, da wir wissen, daß alle Lebewesen das gleiche Schicksal ereilt.»[1]

Ein Gedicht von Fujiwara no Teika (1162–1241) beschreibt die Stimmung des Wabi-sabi[2]:

*Wie weit man auch blickt*
*weder Blüten noch leuchtend verfärbtes Ahornlaub*
*Am Ufer*
*nur eine riedgedeckte Hütte*
*in der herbstlichen Abendstimmung.*

Die Materialien des Wabi-sabi sind Papier, das das Licht diffus durchscheinen läßt, Lehm, der rissig wird, rostendes Metall. Bei Wabi-sabi geht es um das Vergnügen, das Dinge einem bereiten können, und die Freude, die aus der Unabhängigkeit von solchen Dingen erwächst. Die Dinge, an und in denen Sonne, Wind, Regen, Hitze und Kälte ihre Spuren hinterlassen haben, Kratzer, Kerben, Schrammen, Dellen, Abblätterungen, Abnutzung – das ist Wabi-sabi. Gerade solche Dinge, die kurz vor ihrer Entmaterialisierung stehen, die dem, was als guter Geschmack gilt, gleichgültig gegenüberstehen, ja häßlich sind, gehören in den Kontext des *Zens der Dinge*. Sie sind fern von

1 Ebd., S. 52.
2 Zit. ebd., S. 53.

Museen, Börsenkursen und Herkunftsnachweisen und natürlich vor allem fern von der Serie.[1] Ihre Schöpfer, wenn sie denn welche haben, sind anonym. Das Wesen von Wabi-sabi, so wie es in der Teekunst zum Ausdruck kommt, ist völlige Einfachheit: Wasser holen, Feuerholz sammeln, Wasser kochen, Tee zubereiten und ihn den anderen darreichen.

## Die Abdankung des Subjekts

Vom Verschwinden der Dinge haben wir gesprochen. Davon, daß die Askese – als Sparsamkeit – in die Dinge einwandern soll. Und haben schließlich erinnert an Wabi-sabi, das den Dingen eine eigene Würde gibt, sie zum Gefäß der Erkenntnis der Vergänglichkeit macht. Man kann abschließen mit den Überlegungen, die Volkmar Sigusch vorgetragen hat, der das Verschwinden des Subjektes in den Objekten beschreibt. Menschen werden – so Sigusch – immer häufiger als Dinge und Dinge als Menschen sprachlich repräsentiert.

*Da schreibt zum Beispiel meine Tageszeitung: «Todesurteil für Stadtbad Mitte.» Und eine Bausparkasse schreibt: «Ja, ich will fair zu meinem Haus sein!» Ein Ölkonzern inseriert: «Wichtige Informationen für Ihr Auto!» Auf dem Bierdeckel steht: «Ein sympathisches Bier» … Ein Psychoanalytiker sagt: «Wir sind hier als neue Klinik Gastgeber und die Zusammensetzung der Kollegen» verspricht eine interessante Veranstaltung. Ein Didaktikprofessor teilt mit: «Die Auswertung der Studenten des fünften Semesters wurde fortgesetzt.» Ein Architekt nennt*

1 Ebd., S. 69 f.

*ein Hochhaus «autistisch» ... Die Wehrbeauftragte des Bundestages erklärt: Die Soldaten brauchen «vernünftiges Material», denn sie ziehen ihr «Selbstbewußtsein aus dem Material», und die Flugzeuge müssen «jünger›» sein als die Piloten.*[1]

Und Sigusch resümiert: Die Menschen haben sich selbst überlebt, weil sie mit ihren sinnlichen und seelischen Vermögen das, was sie fabriziert und angerichtet haben, nicht mehr erfassen können. Wie sagt der Referatsleiter Leistungssport im Deutschen Leichtathletik-Verband? «Wie ein Auto muß auch das menschliche Fahrwerk auf derartige Bedingungen (wie sie bei den Olympischen Spielen in Atlanta herrschten) erst eingestellt werden.»[2]

Die Grenze zwischen Menschen und Dingen verschwindet. Beide werden in gleicher Weise zu Bestandteilen des Marktes, zu Adressaten und Objekten, mit denen die Werbung spielt. Die Erinnerung an Askese bekommt dadurch eine neue Qualität. In Zeiten, in denen zwischen Menschen und Objekten klar getrennt war, ging es den Nachdenklichen um die Befreiung von den Dingen. Inzwischen geht es darum, sich überhaupt noch der Grenze zwischen Ding und Subjekt zu erinnern. Askese wird offenbar zur letzten und einzigen Möglichkeit, die Verwischung dieser Grenzen zu bekriegen, wird zur ultimativen Möglichkeit, das in den Dingen verschwimmende Subjekt, den Menschen, abzusondern. Laßt die Apparate und Materialien *intelligent* werden – wer sein Leben retten will, muß eine Säule in der Wüste finden oder eine Tonne auf dem Marktplatz.

1 Vorabdruck eines Aufsatzes in der Psyche, in: Frankfurter Rundschau vom 30. August 1997.
2 Zit. in: Der Spiegel 32, 1996.

Zum Weihnachtsfest 1996 wird in den USA häufig ein neues Spielzeugprodukt der Firma Mattel Inc verschenkt. Die Puppe *Cabbage Patch Snack Time Kid* vertilgt eigentlich kleine Picknick-Plastikspeisen. Nach dem Fest häufen sich jedoch Berichte über Unfälle: Die Puppe begann die Haare ihrer kleinen Puppenmuttis zu fressen. Eltern mußten die kleinen Mädchen zum Teil gewaltsam aus dem Rachen der Freßpuppe befreien, indem sie die Puppe zerlegten oder ihr den Kopf abrissen. Bei einer Siebenjährigen in Griffith, Indiana, fraß sich die Puppe bis zum Haaransatz vor. Das Kind hatte *Snack Time Kid* an die Wange gedrückt, das Monstrum biß sich daraufhin an einer Locke fest. Ingenieure der Firma Mattel und die Kommission für Verbraucherschutz berieten daraufhin gemeinsam, wie mit dem haarfressenden Ungeheuer umzugehen sei.[1]

Es gibt Geschichten, deren banale Symbolik einem die Sprache verschlägt. Da lernen die kleinen Mädchen also frühzeitig Plastikspeisen auszuteilen. Jetzt kommen sie aus dem Spielzeugwarenladen, später aus der Tiefkühltruhe oder aus der Dose. Über den texanischen Herzchirurgen und vielfachen Millionär Denton Cooley wird berichtet, daß dieser mit dem Rolls-Royce aus seiner Villa in die Klinik fährt und als Mittagessen eine Fertigsuppe zu sich nimmt, die ihm seine Sekretärin in einem Pappbecher rührt.[2] Die Puppe bereitet in den kleinen Mädchen nicht nur rollengerecht die ihnen zugedachte Ver-

1 Gießener Allgemeine vom 2. Januar 1997.

2 Zit. bei Wolfgang Schmidbauer: Jetzt haben, später zahlen. Die seelischen Folgen der Konsumgesellschaft, Reinbek 1995, S. 67.

teilung zeitgemäßer Plastiknahrung vor, sondern die Mattel-Ingenieure haben es offenbar auch geschafft, dem Gefühl der Eltern, daß sie von ihren Kindern aufgefressen werden, einen auf die Puppe verschobenen technischen Ausdruck zu verschaffen.

Zu einem weiteren symbolischen Höhepunkt schwingt sich die Geschichte darin auf, daß sie die *family values* auf den Begriff bringt. Die *family values* erfreuen sich bekanntlich besonders in den Vereinigten Staaten großer propagandistischer Beliebtheit. Was man als Ausdruck dafür nehmen kann, daß sie so nachdrücklich rhetorisch beschworen werden müssen, weil die Realität sich anschickt, ihnen den Garaus zu machen. *Snack Time Kid* bringt die versteckte Dialektik der *family values* ins Wohnzimmer: ein teures Geschenk für die teuren Kleinen, das endlich das tut, was man sich heimlich wünscht: Das gekaufte Monster frißt die kleinen Familienmonster auf.

Den symbolischen Orgasmus aber beschert unfraglich der Tatbestand, daß die Konsumgüter hier in Gestalt von *Snack Time Kid* endlich offen umsetzen, was die Konsumkritik immer schon behauptet hat: Die Konsumgüter fressen uns auf. Und schließlich vollendet sich die symbolische Miniatur darin, daß die fressende Puppe der Kommission für Verbraucherschutz übergeben wird. Auf das Ergebnis der Kommissionsarbeit darf man gespannt sein. Ein Maulkorb für *Snack Time Kid*? Ein Alarmknopf, mit dem Erwachsene gegen kannibalistische Puppenattacken zu Hilfe gerufen werden können?

*Snack Time Kid* ist Satire in Echtzeit. In einer geradezu lächerlichen Weise wird hier deutlich, was zur Grunderfahrung der Menschen an der Jahrhundertwende gehört:

*Menschen haben sich einen Weg zur systematischen Beherrschung, Kontrolle und Verfügung über alle Dinge ausgedacht, der in erster Linie gegen die Natur gerichtet war, sich aber nun, wie sie erkennen, gegen sie selbst richtet.*[1]

1 Harry Redner: In the Beginning was the Deed: Reflections on the Passage of Faust. University of California Press, S. 13. Zit. in: Zygmunt Bauman: Postmoderne Ethik, Hamburg 1995, S. 291.

# Dritter Abschnitt: Von der Kasteiung des Leibes

*Es verrät gewöhnlichen Sinn,*
*bei den Bedürfnissen des Körpers zu lange*
*zu verweilen und zum Beispiel zuviel Zeit*
*auf Leibesübungen, auf Essen und Trinken,*
*auf die Befriedigung der niedrigsten und*
*sinnlichsten Triebe zu verwenden. Das alles*
*sind doch nur gleichgültige Dinge, und unsere*
*Aufmerksamkeit gebührt der geistigen Seite*
*unseres Wesens.*

Epiktet

## Tabulos. Eine Impression

Nach dem Vortrag in Stuttgart steige ich in den ICE nach Frankfurt. Sinke in den Sitz. Schaue über die Lehne hinweg. Eine schöne blonde Frau mit blauen Augen blickt mich an. Nein, sie starrt geradezu. Sie muß starren, denn sie lächelt dauerhaft von einem Plakat im Großraumwagen. Genaugenommen ist es kein Plakat, sondern eine Leuchttafel. Die Gepflegte leuchtet nicht von innen, sondern sie wird hinterrücks beleuchtet. Ich recke mich, um zu sehen, was unterhalb des Halses noch kommt. Und muß lesen: «Damit Verdauungsstörungen nicht zu Darmträgheit führen.»

Hier im Hochgeschwindigkeitszug also endlich das offene Gespräch über das Scheißen und seine Probleme. Der grauhaarig-entschlossene Geschäftsmann neben mir kaut auf dem Sandwich, das er an der Minibar soeben erstanden hat. Die Blonde wirbt derweil für ein Abführmittel. War das mit *multikultureller Gesellschaft* gemeint? Die öffentliche Wiedervereinigung der verschiedenen Körperöffnungen?

Jedenfalls bietet ein Nomadenzelt im Sudan mehr Diskretion als der Großraumwagen: Während des Essens sind Ausscheidungsvorgänge tabu. Die rechte Hand nimmt das Essen aus der gemeinsamen Schüssel, die linke bleibt im Hintergrund, weil sie für die Reinigung des Körpers vorgesehen ist. Obwohl kein Wasserhahn läuft, obwohl der Raum winzig ist – aristokratische Diskretion.

Ich erinnere mich, daß in meiner Jugend in den Hamburger Straßenbahnen, die Sitze waren aus Holz und hellbraun-dunkelbraun gestreift, weiße Emailleschilder hingen. «Beim Husten, Niesen und Spucken bediene Dich stets eines Taschentuches.» Das öffentliche Verkehrsmittel war ein Ort der Erziehung und Zivilisierung. Das vertraulich-strenge *Du* verstärkte den Eindruck, in der Familienstube oder im Schulzimmer zu sein. Die Barbarei – das wußte man – muß aus der Straßenbahn hinausgedrängt werden, wenn es so viele Leute darin zusammen aushalten sollen. Heute findet niemand etwas dabei, daß uns die blonde Schönheit direkt mit ihrem Verdauungstrakt bekannt macht.

Der Großraumwagen ist die zeitgenössische Akademie. Das Gespräch handelt nun freilich nicht mehr über die unsterbliche Seele, die im Leibe wohnt, sondern über die Verwesungsvorgänge im Darmtrakt. Innenleben modern. Vielleicht sollte man noch einen Schritt weitergehen und sich eingestehen, daß der Hochgeschwindigkeitszug alles abbildet, was von Gesellschaft noch übrig ist. Vollklimatisiert, immunisiert gegen das Draußen, werden die Insassen durch die Landschaft gezogen, die zur rasenden Kulisse abstirbt. Im Zentrum des Zuges das Fressen, von wo aus es in die erste und die zweite Klasse geht. Gerade kommt ein Afrikaner im grauen Overall vorbei, der die Zugtoiletten reinigt. Er vervollständigt das Bild aufs schönste. Ihm folgt der *IC-Betreuer*, der einmal – als das offene Husten und Niesen noch verboten war – «der Kontrolleur» hieß. Diejenigen, die vom allgemeinen Gesundheitsimperativ abweichen, sind heute übrigens in Rauchergettos ans jeweilige Ende des Zuges verbannt. Bisweilen kann man in den cleanen Zugteilen erleben, daß jemand verschämt aus einem WC heraustritt, sich umschaut und schnell die WC-Tür schließt, weil die Rauchschwaden ihm zu folgen drohen.

Die blonde Dame wendet sich wohl nicht an Koprophile,

wohl aber an jene offenbar wachsende Menschengruppe, deren Innensteuerung versagt. Bulimie, Magersucht auf dem Vormarsch. Während das Gespräch über die Verdauungsorgane salonfähig wird, versagen die klassischen inneren Steuerungsinstrumente, die ehemals die Personen durch die Gesellschaft manövrierten. *Ballermann-6*-Entgrenzung, grölende Kegelclubs, die sich zwischen leergetrunkenen Bierdosen suhlen, Kids, die ihre Schuhe, mit denen sie zuvor in Hundekot gestanden haben, bedenkenlos auf den Sitz legen.

Über die beschädigte Innensteuerung der Verdauung kann im Großraumwagen offiziell geredet werden. Das Abführmittel kann man kaufen. Das nicht weniger beschädigte seelische «Innen» ist vorläufig chemisch noch nicht zu behandeln. Obwohl schon Sigmund Freud die Erwartung formuliert hat, daß eines fernen Tages Verhalten nicht mehr von innen, sondern von außen – chemisch – kontrolliert werden könne.

Aber auch da sind wir schon weiter als gedacht. Im Zug liegt das Umweltmagazin von Hoechst namens *Change* aus, eine verkappte Werbeschrift der chemischen Industrie.[1] Ich schlage auf. Ganzseitiges Foto einer männlich-haarigen Achselhöhle. Daneben der Spruch: *Achselschweiß erregt.* Offenbar sind Körperfunktionen das Thema des Tages. Jedenfalls im Hochgeschwindigkeitszug. *Change* berichtet vom langweiligen Klima in einem Labor an der Universität von Utah. «Wir pflegten einen eher trockenen Arbeitsstil», berichtet der Anatomieprofessor Berliner. «Kaum einer lachte.» Das blieb so, «bis zu dem Tag, als Berliner ein paar Fläschchen öffnete». Na ja, denkt der Leser, das ist ja nicht so überraschend, wenn der Arbeitsstil so trocken war. Aber in den Flaschen ist nicht, was man

1 Change, Das Umweltmagazin von Hoechst, 1996.

so denkt. Die Sensation: «Sie enthielten einen Extrakt aus menschlicher Haut.» Und nun kommt Stimmung auf. «Plötzlich war alles wie verwandelt: Die Leute begannen zu plaudern. Sie machten es sich beim Mittagessen gemütlich. Einer schlug vor, daß alle endlich Bridge lernen sollten. ‹Die Persönlichkeiten waren wie ausgewechselt›, sagt Berliner.» Ein bißchen Hautextrakt, und schon schmeckt das Essen. Auch hier also endlich eine Brücke von den menschlichen Körpersäften zum knusprigen Brötchen.

Der Bericht aus dem Utah-Labor endet damit, daß die Stimmung wieder ins Triste umschlägt, als die Fläschchen geschlossen werden. Die chemischen Stoffe, die im Hautextrakt sind, «die wir nicht als Geruch wahrnehmen, können die Stimmung von Menschen vehement verändern. Und zwar ohne daß es dem Betroffenen bewußt wird.»

Ödipus? Über-Ich? Pustekuchen, Sigmund Freud. Der Hautextrakt bringt das Unbewußte zum Swingen. Könnte man die Stimmung in der nächsten bedrohlich langweiligen Fachbereichsratssitzung mit etwas Hautextrakt – heimlich unter dem Tisch ausgegossen – vielleicht ins Karnevalistische heben? Oder muß ich dann Bridge lernen?

Spaß beiseite: Mit dem Utah-Effekt kann man natürlich Geschäfte machen. Eine Studie – so berichtet *Change* – kommt zu dem «überraschenden Ergebnis, daß Käufer in einem parfümierten Raum mehr Schuhe kauften als in einem vergleichbaren Zimmer ohne Geruchsbeigabe. Ihre Kaufbereitschaft stieg um 84 Prozent. Sie akzeptierten für die gleichen Modelle sogar gerne einen Preis, der über 15 Mark höher lag als in der Auslage ohne Duftmanipulation.»

In Las Vegas – so lesen wir weiter – stecken die Leute 45 Prozent mehr Geld in die Automaten, wenn die Räume parfümiert sind. Man sieht sie vor sich, diese zu geilen Hamstern degenerierten Menschen, die hechelnd ihre Dollars in die Automatenschlitze zu fummeln versuchen. «Für clevere Verkäufer» – so wird mitgeteilt – «sind Gerüche das verkaufsfördernde Mittel der neunziger Jahre.»

Das Üble ist, daß diese Prognose wahrscheinlich sogar stimmt. Die Cleveren werden uns nicht mehr nur mit Musik berieseln, im Hauptbahnhof wie im Klo, im Supermarkt wie im Fahrstuhl. Sie werden uns unter ihre Käseglocken stellen, und wir werden ihre Kaufhäuser mit vierzig Unterhosen verlassen, obwohl wir nur eine wollten.

Aufklärung – so heißt es bei Immanuel Kant – ist der Ausgang des Menschen aus selbstverschuldeter Unmündigkeit. Künftig findet Aufklärung also jedesmal beim Verlassen des Kaufhauses statt, wenn nämlich der Verstand nicht mehr duftumnebelt ist. Und für sozial Schwache, die ja mehr werden, gibt es am Eingang der Kaufhäuser dann künftig Wäscheklammern, mit denen sie ihre Nasen verschließen können, damit sie nicht mehr ausgeben, als sie haben.

Der letzte Blick fällt auf Joschka Fischers abgefeimte Kolumne in *Change*, dem Umweltmagazin von Hoechst. Er kennt keine Tabus: «Protest ist immer auch ein Innovationspotential. Im Protest von heute kann auch der Gewinn von morgen für ein Unternehmen liegen, wenn es zu lernen in der Lage ... ist.» Aus dem Protest, so wird den Hoechstern augenzwinkernd zu verstehen gegeben, kann man doch Gewinn schlagen. Im Stile einer Hofschranze wirft der Grünen-Boß den chemischen Majestäten die Protestler zum Fraße vor. So wie *Change* wenige Seiten zuvor die medizinischen Möglichkeiten der Wildnis *(Dschungel-Apotheke)* auf Gewinnmöglichkeiten abklopft, so läßt hier der grüne Abgeordnete seine protestierende Klientel in die heiße Pfanne springen, um sie für die Konzernbilanzen durchzubraten. Es ist wirklich eine tabulose Welt. Vom Abführmittel über den Achselschweiß bis zum grünen Abgeordneten. Alles ein Duftraum.

# Das gestählte Individuum

*Dann komme ich zurück mit eisernen Knochen, mit dunkler Haut, mit Tiger-Blick ... Ich werde mit Geld um mich schmeißen ... Und träge und brutal werde ich sein. Die Frauen haben eine Schwäche für diese wilden Würstchen, die aus heißen Ländern heimkehren.*

Arthur Rimbaud

Noch nie ist dem Körper so viel Aufmerksamkeit gewidmet worden wie heute. Der Aufpeitschung der Begierden steht eine Vielzahl von Instrumenten zur Verfügung, eine Schlacht um die ständige Erregung wird geschlagen. Vom Warteraum des Zahnarztes bis zur Anschlagsäule: Brüste, Hintern, erotische Versprechungen. Der Körper ist in eine Art Rüstungswettlauf gepeitscht. Er wird trainiert und gestählt, er wird operiert und gestylt. Die geregelte Zufuhr von Vitaminen und Kalorien wird geradezu hysterisch (eigen)überwacht.

Verkehrte Welt: Es gilt heute als ausgemacht, daß dicke Leute schlecht ernährt sind, während das magere Kind – das einmal als das Unterernährte galt, dem man mit Lebertran und Höhensonne beikam – modellhaft geworden ist und über den Laufsteg der Welt schlendert.

Der Asket ist zum heimlichen Ideal des Wohlstandsbürgers geworden. Aber natürlich teilt dieser Wohlstandsbürger nicht die Ziele der Asketen. *In dreißig Tagen dünne Oberschenkel,* lautet die diätisch-frohe Botschaft. Hier soll keine Herrschaft abgeschüttelt werden, sondern die Ringe um den Bauch, die – wie man glaubt – der Gesundheit schaden. Während des Ersten Weltkrieges erweckten dicke Frauen in den USA noch Abscheu, weil sie – so wurde gerechnet – in ihrem Körper bei vierzig Pfund Übergewicht sechzig Pfund Zucker speichern und damit den europäischen Alliierten die ihnen zustehenden Rationen raubten.[1] So ändern sich die Deutungsmuster. Dicke Menschen waren unpatriotisch, heute schaden sie – so heißt es – der Allgemeinheit, weil sie sich krank fressen und so Kosten verursachen. Der Kampf gilt auf überraschend neue Weise dem inneren Feind, der nun in den Verdauungsorganen und den Fettpolstern gesucht wird. Und Jane Fonda, die frühere Kriegsgegnerin und heutige Ikone der Keep-Fit-Bewegung, kämpft an vorderster Front mit. Sie trainiert täglich sechs Stunden nach einem Programm – so Maud Ellmann –, das an den Drill der US-Armee erinnert. Die Kost, die Jane Fonda empfiehlt, soll «reich an Fasern, mehrfach ungesättigten Fetten, arm an tierischem Eiweiß, fettarm sein». Sie entspricht damit der Nahrung eines vietnamesischen Bauern vor dem Vietnamkrieg. «So als ob wir für die Entlaubung ihres Landes Buße tun, indem wir unsere Mägen voll grüner Blätter stopfen.» Die Betonung des «Faserreichtums» suggeriert, so meint Maud Ellmann, daß man die immer schwächer werdende «moralische Faser» Amerikas retten kann, indem man voller Heroismus auf den unverdaulichen Schalen von allerlei Gemüse herumkaut.[2]

Ein *dekorativer, überlebensgieriger Selbstverwirklichungs-*Asketismus ersetzt den leidenschaftlichen Asketismus etwa

1 Maud Ellmann: Die Hungerkünstler, Stuttgart 1994, S. 20.
2 Ebd., S. 22.

eines Gandhi, dessen magere Gestalt ja nicht nach dem Vorbild eines Mannequins gestylt war. Der moderne Asketismus ist so schreckensvoll, weil er ohne Ziel und ohne Hoffnung ist. Der Leib wird nicht gezüchtigt als Vorbereitung auf das Endgericht; der Leib wird nicht gestählt, weil er dem Vaterland oder der Familie oder der Rettung der Geliebten dienen soll, sondern der Leib wird um seiner selbst willen gepeinigt.

«Nichts beschwört so sehr das Ende der Welt herauf wie ein Mann, der den Strand entlangläuft, eingehüllt in die Klänge seines Walkmans.»[1] Der Körper wird gehegt und gepflegt – so kommentiert der französische Philosoph Paul Virilio – aus der perversen Gewißheit heraus, daß er nutzlos ist. Der Designerkörper soll den spürbaren Zerfall des Subjektes überdecken: Der Körper als das stählerne Band um das fragmentierte Individuum, um die innere Wohngemeinschaft (die einmal eine Person war).

Das moderne Individuum entstand in einem überwältigenden Akt der Selbstdisziplinierung. Odysseus, der sich an den Mast des Schiffes fesseln läßt und nur so dem Gesang der Sirenen lauschen kann, ohne daran sterben zu müssen, weil er dem Sog der Lust gefolgt wäre: Darin ist die qualvolle und zugleich so erfolgreiche Bildung des abendländischen Subjektes beschrieben. Zugleich auch die Arbeitsteilung, die zum Karrierekonzept des Abendlandes wird: Jene Arbeitsteilung, nach der die einen unten rudern, abgeschnitten vom Gesang der Sirenen – durch die wachsverstopften Ohren –, und die anderen oben zwar befehlen und den Sirenen zuhören können, aber nicht, ohne sich selbst gnadenlos zu unterwerfen, zu disziplinieren,

1 Paul Virilio, zit. Ellmann, a. a. O., S. 24.

die freien Regungen zu fesseln.[1] Die Person, das moderne Subjekt, entsteht aus Akten der Selbstunterdrückung, der Verinnerlichung von Normen, und vollendet sich schließlich als Begleiterscheinung der entstehenden Industriegesellschaft – in der *innerweltlichen Askese*, von der Max Weber gesprochen hat: Die mönchische Askese verliert ihre religiöse Bedeutung und wird im modernen asketischen Unternehmer zum Motor ökonomischer Aktivitäten.[2]

Die moderne Person entsteht aus der Askese – und das postmoderne Individuum scheint diese Askese nur noch als veräußerlichte erhalten zu können. An der Klage von Lehrern, Professoren und Unternehmern über die Leistungsverweigerung der Jugend ist eines jedenfalls unübersehbar: daß viele – trotz des wachsenden ökonomischen Drucks – sich dem geforderten Leistungswettbewerb entziehen, bei Mutti und Vati hängenbleiben, sich alimentieren lassen. Der mühselige Weg von der Äußerlichkeit zur Verinnerlichung scheint heute rückwärts gegangen zu werden. Die Menschen wollen mehr und mehr zu Teilchen werden, die auf von außen kommende Signale reagieren und diese mit ihrer möglichst gestählten Muskulatur in Abläufe umsetzen.

1 Max Horkheimer/Theodor W. Adorno: Dialektik der Aufklärung, Frankfurt/M. 1987, S. 67 ff.

2 Max Weber: Die protestantische Ethik und der Geist des Kapitalismus, in: Gesammelte Aufsätze zur Religionssoziologie, Band I, Tübingen 1988, S. 119 ff.

## Vom Glaubersalz und vom Gebet

Wenn die Evangelische Akademie in B. Fastenkurse anbietet, dann bilden sich Anmeldungsschlangen. Fasten – das Wort kommt vermutlich von *fest bleiben* – erfreut sich großer Beliebtheit. In wohlgenährten Kreisen bricht von Zeit zu Zeit eine Fastenaktivität aus, die den gerundeten Körper kurzfristig wieder schrumpfen läßt. Die Vorstellung von der Reinigung des Körpers im Dienste der Gesundheit *(Heilfasten)* ist geradezu eine Modeerscheinung geworden – obwohl Ernährungswissenschaftler zu berichten wissen, daß Fasten keine dauerhafte Gewichtsabnahme bringt. Das Fasten ist – so könnte man sagen – von der Gesundheitsindustrie besetzt worden, es dient der Selbststeigerung, der Fitneß, dem Schlankheitsideal.[1] Die Körperaskese der Antike dagegen war orientiert an der Vollkommenheit der Götter. Das mittelalterliche Fasten war kein Kampf gegen die Ringe um den Bauch, sondern diente der Befreiung der Seele für die Erfahrung des Außerordentlichen. Weil dies alles zum asketischen Selbstzweck verkommen ist, sind die Menschen so unglücklich. Sie haben sich selbst zur Ware gemacht. Was einmal Liebe war, ist zum Sexualitätstausch geworden.

Askese wäre gerade die Opposition gegen die Zwangsidee, den Körper zu stylen, um für die Verabreichung sexueller Erlebniseinheiten gerüstet zu sein. Fast könnte man denken, daß der unbekümmert Dicke dem alten asketischen Ideal der Unabhängigkeit näher ist als der ebenso schlanke wie smarte Manager (der seine Angestellten auf Gehaltsdiät setzt).

1 Natürlich gibt es Versuche, die Fastenmode kirchlich einzufangen. Vgl. dazu Rolf Zerfass: Eine Fastenkur. In: Lebendige Seelsorge 35, 1984, S. 70ff. Dort wird eine Fastenkur mit den alten kirchlichen Fastenritualen nachträglich unterlegt.

Fasten gehört in die Religion, nicht in den Kosmetiksalon. Wenn das Fasten – wie bei uns heute – auf die Ebene von Jogging und Fitneß heruntergeludert ist, dann ist es vom Tempel in die Apotheke verschoben. Fasten beginnt heute dementsprechend mit abführendem Glaubersalz und nicht mit dem Gebet.

## Das Tor zur Ekstase

Fastenrituale sind in der Geschichte der Menschen weit verbreitet. Sie gehören vor allem in den Kontext von (religiösen) Fruchtbarkeitszeremonien: Bei den Creek-Indianern mußte den jahreszeitlichen Erntefeiern ein Fasten vorausgehen. Nicht anders war es bei den eleusinischen Demeterfeiern, beim römischen Ceresfest und zum Frühlingsbeginn in China – Fruchtbarkeit und Fasten sind in der Kultur aller Kontinente eng miteinander verbunden.[1]

Dahinter wird man die Erfahrung des Wechsels von Winter und Sommer, von trockener und regenreicher Jahreszeit vermuten dürfen: Der Mensch vollzieht dieses Nacheinander von Fasten und Fülle in sich nach – Winter und Sommer des Leibes. Vielleicht soll das Fasten geradezu die Fruchtbarkeit, den Frühling, das Licht herbeilocken. So wie die Höhlenmalereien wohl einmal die Frühlingsgeburt der Tiere aus den Tiefen der Erde beschworen haben.

Das Fasten war – so könnte man sagen – eine Verneigung des Menschen vor der Natur. Beim «Heilfasten» hingegen verneigt sich der Mensch nur noch vor seinem eigenen angedickten

1 Die Religion in Geschichte und Gegenwart, 3. Aufl. 1958, Band 2, Spalte 881. Vgl. P. Gerlitz: Das Fasten im religionsgeschichtlichen Vergleich, Diss. Erlangen 1954.

Spiegelbild. Demeter, die fruchtbringende Göttin des Korns, der zu Ehren man fastete, ist von der Brigitte-Diät abgelöst, und die Reverenz gilt dem Schlankheitsideal.

Zu den ältesten Schichten, in denen das Fasten vorkommt und die offen und untergründig aus Urzeiten bis in die Moderne hineinreichen, gehören solche Gebräuche, die wir als Aberglauben zu bezeichnen pflegen: Wo man Dämonen vermutet, da enthält man sich der Speise. In China und im Iran galt es als gefährlich, nächtens zu essen. Denn in der Nacht könnten die hungernden Dämonen sich zum Mahl dazugesellen und die Speisenden verspeisen.[1] Auch Fasten und Finsternis gehören zusammen: Als am 14. August 1654 eine Sonnenfinsternis erwartet wird, da ordnet das fürstbischöfliche Consilium medicum von Eichstätt an, daß alle Leute zwei Tage vor der Sonnenfinsternis fasten sollen, weil sich die Luft vergifte. Am Tage der Finsternis soll kein Wasser oder Kräuterwerk aus dem Garten in das Haus kommen, weil alles infiziert sei. Während der Finsternis selbst solle niemand essen oder trinken, damit der Leib keine Alteration erfahre. Eine Sonnenfinsternis wird – so ist im Publikandum des Collegiums zu lesen – auf die Einwirkung böser Dämonen zurückgeführt. Die Dämonen und die von ihnen vergifteten Substanzen können beim Essen in den Menschen eingehen.[2]

Fasten ist aber auch – wie die Religionsgeschichte uns lehrt – das Tor zur Ekstase. Schamanen geben dem Hilfeflehen Kranker oft nur widerwillig statt, weil sie auf eine asketische Reise gehen müssen, bei der sich sogar das Fleisch von den Knochen des Schamanen lösen kann: radikales Fasten. Die Nähe des Hei-

1 Handwörterbuch des deutschen Aberglaubens, Berlin / New York 1987, Band 2, Spalte 881.
2 Ebd., Spalte 1235.

ligen erfordert Nüchternheit – auch das ist eine verbreitete Vorstellung. Moses fastet, bevor er die Tora empfängt (Ex. 34,28), Mohammed fastet, als er sich für die «Nacht der Herabsendung» des Koran vorbereitet.

Durch Johannes den Täufer geht die Fastentradition des Judentums in das Christentum ein. Die spätere kirchliche *Quadragesima*, das vierzigtägige Fasten, geht auf den Bericht über das Fasten Jesu zurück: Jesus wird vom Geist in die Wüste geführt, *um vom Teufel versucht zu werden.* Als er vierzig Tage und vierzig Nächte gefastet hatte, hungerte ihn. Da näherte sich der Teufel und forderte ihn auf, Steine in Brot zu verwandeln. Bis zum 3. Jahrhundert fastete man – wie der Kirchenvater Tertullian sagt – *ex arbitrio, non ex imperio* (aus Glauben, nicht auf Befehl): Danach – das Christentum ist zur Staatsreligion geworden – wird das Fasten zum Gesetz. In Analogie zum vierzigtägigen Fasten Jesu in der Wüste wird die Zeit vor Ostern gefastet – beginnend mit dem Aschermittwoch.

Im Calvinismus schließlich wird das Fasten zur Daueraufgabe, zum Fundament der verlangten asketischen Lebensführung. Der Asket wird zur Grundfigur des Alltags, aber er widmet sich eben dem, was Max Weber die innerweltliche Askese nennt: Die Askese soll nicht mehr zur Betrachtung des Erhabenen emporheben, wie es noch Thomas von Aquin verlangt hatte, sondern sie dient der Wertschöpfung, der Sparsamkeit: Der Asket wandelt sich zum Homo oeconomicus.

Erfolgreiche Chirurgen, Rechtsanwälte, Musiker, aber auch Karrierefrauen und Krankenschwestern satteln um. In den USA kündigt sich ein überraschender Trend an: Kochschulen, in denen Aussteiger in Crashkursen zu Köchen ausgebildet werden, schießen aus dem Boden – so berichtet Wolfram Siebeck.[1]

Karrieristen und von der Berufsroutine zermürbte Zeitgenossen verlassen die von Hektik erfüllten Areale der Lohnsklaverei, werfen die Türen hinter sich zu und fangen etwas anderes an. Sie handeln sich weniger Geld, dafür mehr Risiko ein. Dennoch machen sie es – offenbar, weil sie das Gefühl beschleicht, das eigene Leben zu vergeuden. Mit dem Kochen hofft man, dem wahren Leben näher zu kommen. Das könnte richtig sein – auch wenn es vielleicht nur Zentimeter sind.

Essen ist zur Funktion verkommen, das Subjekt betrachtet sich neuerdings als ein System, das mit der richtigen Zahl von Kalorien zu stabilisieren ist. Zu diesem Bild gehören Funktionsstörungen wie Bulimie und Anorexie (Freßsucht und Magersucht), dazu gehören Meldungen über schlanke Manager und fette Schulkinder. Die kochenden Aussteiger erinnern sich daran, daß individuelle Ernährung unter der Dampfwalze des Vorgefertigten eingeebnet wurde. Sie versuchen, den Weg zurückzugehen. Das ist nicht einfach: Die meisten Menschen ernähren sich längst aus Dosen, Tiefkühltruhen, Betriebskantinen oder Automaten. Aus der Herstellung des Essens ist ein Akt des Zusammenstellens geworden: Auf das Tablett, das vom Stapel gezogen wird, werden in Cafeterias, Selbstbedienungsrestaurants und Kantinen die Schüsselchen plaziert.

1 Zeitmagazin vom 15. Januar 1997.

Es ist ein langer Weg, der da zurückgelegt wurde. Viele Bewohner der Erde müssen auch heute noch Holz sammeln, ein Feuer entzünden, Körner stampfen und lange und aufmerksam rühren, nachfeuern, aufpassen, bis der Brei entstanden ist. Ein Tagewerk. Die Mikrowelle macht aus der Tiefkühlpizza innerhalb von 120 Sekunden ein fertiges Essen. Merkwürdigerweise hat aber diese Beschleunigung den Menschen zwar die Befreiung von täglicher Kochsklaverei gebracht, aber doch nur um – wie die Aussteiger zu empfinden scheinen – Platz zu machen für neue Formen der Plackerei und des Stumpfsinns – vor allem für die neuzeitliche Trinität aus beruflichem Streß, medialer Verblödung und familialem Gequengel. Darum gehen die Kochkonvertiten den Weg zurück. Nicht gleich zum Hirsestampfen, wohl aber zur Kunst des Kochens. Denn die Geschichte, die vom Hirsebrei zum Fischstäbchen führt, ist ja auch eine Geschichte des Vergessens und Verlernens.

Immer wieder geistert die Episode von dem Rentner durch die Gazetten, der sich – ob seiner kleinen Rente – aus Kitekatdosen ernähren muß: Wahr oder nicht wahr – für das Geld, das die Kitekatdose kostet, kann man unfraglich eine vernünftige Suppe kochen. Kann man aber eben nicht. Besonders alte Männer nicht. Die Fähigkeit, die Kompetenz, ist verschwunden. Nicht nur bei den alten Männern (die solche Fähigkeiten im Rahmen der industriegesellschaftlichen Arbeitsteilung mehrheitlich erst gar nicht erlernt haben).

Die Menschen haben zunehmend die Fähigkeit verloren, Essen selbst herzustellen. Studentische Kühlschränke scheinen heutzutage eher leer zu sein. Bei den Arrivierten ist es nicht anders: Je aufwendiger die Küchenzeile, so könnte man meinen, desto weniger findet da statt. Wie viele 40 000-Mark-Küchen sind in ihrer dekorativen Funktion erstarrt, Orte, an denen sich bestenfalls Tütensuppenorgien abspielen? Im gleichen Maße wie das Industriearoma aus dem tiefgekühlten Schlemmermenü entweicht, wird – nach den Gesetzen der Marktwirtschaft – natürlich das «Selbstgemachte» zu etwas Besonderem.

Das haben auch die Hobbygeschäfte schon lange erkannt und die Konsequenzen aus der Unfähigkeit der Menschen, ihrer Blendbarkeit und Eitelkeit gezogen. In Hobbygeschäften, diesen Höhlen des Grauens, kann man Leinwände kaufen, auf denen die Details eines Motivs bereits aufgedruckt sind. Zahlen in den Einzelflächen weisen auf die einzutragenden Farben hin: «14» für Karmesinrot, und fertig ist der Zwerg-Picasso. Auf der gleichen Ebene sind jene Kuchen und Brote («Fertigmischung») angesiedelt, die mit dem Selbstgemachten werben, es aber doch nur vortäuschen. Noch einmal Wolfram Siebeck, dessen exakte Gesellschaftsbeobachtungen ja schon seit langem dem Mief, der aus soziologischen Fachgazetten aufsteigt, überlegen sind: «Es könnte sein, daß die Entmündigung der Konsumenten durch laborgewürzte Fertiggerichte endlich als das erkannt wird, worauf aufgeklärte Zeitgenossen ebenso allergisch reagieren wie auf die verwendeten Zusätze: als Geschmacksdiktatur der Nahrungsmittelindustrie.»[1]

Es ist noch nicht einmal hundert Jahre her, da ernährten sich die Menschen in Deutschland von Nahrungsmitteln, die zu 90 Prozent in Sichtweite des dörflichen Kirchturms produziert wurden. Sie verfügten über raffinierte Techniken der Verarbeitung, der Konservierung, und sie machten aus wenigen Grundnahrungsmitteln eine Vielzahl wohlschmeckender Gerichte: Hausmannskost. Die ist von den häuslichen Speiseplänen heute weitgehend verschwunden, und Speisegaststätten («bürger-

1 Ebd.

liche Küche») werden heute offenbar landesweit von einer bundesrepublikanischen Schnitzelzentrale beliefert: Anders kann man sich die Universalität von Jäger- und Zigeunerschnitzel nicht erklären.

Es mag überraschend sein, aber man könnte angesichts dieser Entwicklungen sagen, daß der gute Koch ein Asket ist. Einer, der sich aus der bequemen und beschleunigten Fastfood-Völlerei verabschiedet und sich den Verlockungen des Industriearomas entzieht. Und es dürfte eine Mühsal sein, sich aus dem herrschend gewordenen Einheitsgeschmack zu befreien: Die Geschmacksnerven der Menschen sind eingelullt vom ewig gleichen Brei. Genau zu schmecken, Differenzen zu erspüren – das ist ein Akt des Sich-Übens, und genau das ist schließlich der Ursprungssinn von «askein».

Die meisten Menschen greifen aber – wie gesagt – in die Tiefkühltruhe statt zum Kartoffelschälmesser und sind beseelt von dem Gefühl, der Sklaverei entkommen zu sein. Sie führen dem System, das sie selbst sind, Nahrungseinheiten zu. Gleichzeitig haben Schlankheitskuren Konjunktur, und Apotheken bestreiten einen beträchtlichen Teil ihres Umsatzes mit Diätkost.[1] Kurz: Die Tatsache, daß die Deutschen nicht hungern, heißt nicht, daß es ihnen gutgeht. «Arise» (Associates for Research Into the Science of Enjoyment, London) hat 1996 eine Untersuchung über die Genußfähigkeit der Europäer vorgelegt. Reinhold Bergler vom psychologischen Institut der Universität Bonn, der zur Arise-Gruppe gehört, behauptet darin, daß der

1 35 Prozent aller US-Amerikaner über zwanzig Jahren sind übergewichtig. Nach einer Erhebung der Gesundheitsbehörden ist ihre Zahl im Vergleich zu 1976 um neun Prozent gestiegen. Auch brächten 14 Prozent aller Kinder zwischen sechs und elf Jahren zuviel auf die Waage. Schwarze Frauen führen in der Dickenstatistik mit 54 Prozent vor weißen Frauen mit 34 Prozent (Frankfurter Rundschau vom 8. März 1997).

Konflikt zwischen Genuß und Moral auf Kosten der Gesundheit gehe. Der Genuß von Süßigkeiten und Tabakwaren rufe – besonders bei den Deutschen – am häufigsten Schuldgefühle hervor. Musik und Sex rangieren bei allen Europäern an der Spitze der Genüsse, Fernsehen, Naschen, Rauchen, dunkles Fleisch und Alkohol folgen auf der Genußskala. Und ein Drittel aller befragten Europäer haben bei ihren Genüssen das Gefühl zu sündigen. Das schlechte Gewissen, so beklagt das Arise-Mitglied David Warburton, führe zu Streß, und die *Schuldfalle*, die dann zuschlägt, schade der Gesundheit.[1]

Was haben die Europäer für eigentümliche Sorgen, würde wahrscheinlich ein Bewohner der Sahelzone fragen. Das schlechte Gewissen aber, von dem hier die Rede ist, hat natürlich nichts mehr mit der Höllenfurcht eines mittelalterlichen Christen zu tun oder mit den calvinistischen Qualen eines Protestanten. Das Schuldgefühl bezieht sich nicht auf Gott oder Hölle, sondern auf die Instanz, die an die Stelle der beiden getreten ist: auf das Ich und seine Gesundheit. Der Ernährungsberater, der sich bislang noch auf die Überwachung Kranker beschränkt, wird wahrscheinlich sein Handlungs- und Kontrollfeld bald erweitern können. Die Krankenkassen haben Risikosubjekte schon im Blick.

In einer großangelegten Studie wurden Geisteskranke bis zu 880 Tagen exklusiv mit BSD ernährt. BSD (Bilanzierte synthetische Diät) ist das, was der Laie unter dem Namen «Astronautennahrung kennt».

*Im Durchschnitt stellte sich die Stuhlfrequenz auf eine Defäkation in 9 Tagen ein, was zu einer wesentlichen Erleichterung bei der Pflege der Patienten führte, die zuvor häufig einkoteten. Im*

1 Zit. Frankfurter Rundschau vom 8. Nov. 1996.

*gleichen Maße sanken die Reinigungskosten für Bettwäsche und Kleidung, für Raumpflege und schließlich auch die Unfallquote auf der Abteilung … Die Patienten, welche vorher mühsam löffelweise gefüttert wurden, konnten die BSD mit nur geringer Assistenz trinken.*[1]

Soll man das als eine technische Variante der alten Askese verstehen? Sie gerät so zwanglos in die Nähe des Menschenversuchs, als ein Instrument zur Verwaltung von Menschen und zur Einsparung von Personalkosten.

Der Schere, die sich öffnet zwischen den wahrgenommenen Möglichkeiten der kühlen Automatisierung und dem Absterben von wärmender Kultur, begegnet man in vielen Variationen. Zum Beispiel im Hotel Polonia in Warschau. Verblichene Jugendstilschönheit. In der postsozialistischen Ära hat man das Frühstücksbuffet entdeckt, aber es wurde radikalisiert: Nicht nur, daß die sozialistische Freudlosigkeit dadurch abgelöst ist, daß aus zwei Lautsprechern Musik dröhnt. Das Frühstücksbuffet ist radikal darin, daß nicht einmal mehr eine Tasse, geschweige denn ein Gedeck auf dem Tisch steht. Unter einer gallertartigen Masse warten Speckscheiben auf den hungrigen Gast. Im Hintergrund sitzen drei Damen – Bedienung. In sozialistischen Zeiten war es eine Art Gnadenerweis, wenn man bedient wurde. Nun ist eine neue Form der Apathie an die Stelle getreten. Mein suchender Blick, der auf die Füllung meiner Kaffeetasse zielt, erntet einen geradezu verächtlichen Blick der Bedienung und einen ausgestreckten Zeigefinger: Welch ein Depp! Der Zeigefinger deutet auf einen Kaffeeautomaten, an

1 Über den Versuch wird berichtet von W. Fekl: Astronautendiät, ein Weg zur synthetischen Nahrung. In: Robert Ammon / Janos Holló (Hg.): Natürliche und synthetische Zusatzstoffe in der Nahrung des Menschen, Darmstadt 1974, S. 263 f.

dem ich mich gefälligst selbst bedienen soll. Noch wissen die Damen nicht, daß der Automat in kurzer Zeit nach hinten auskeilen und sie als überflüssig enttarnen wird.

## Lob der Currywurst

Aber ist mein kulinarisches Lamento berechtigt? Oder bin ich nur ein genießerischer Seßhafter, ein Bourgeois, der dem modernen Nomaden seine heimatlosen Genüsse miesreden will? Ist es nicht gerade ein spezielles Vergnügen, hungrig in den Fast-food-Drive-In einzubiegen, in den Lautsprecher die Bestellung einzugeben, am Fenster zu zahlen und so innerhalb von Minuten die Tüte in der Hand zu haben, dann auf den nächsten Parkplatz zu fahren und bei eingeschaltetem Autoradio lustvoll gegen die Eßmoral der Seßhaften zu verstoßen? Ist der Platz des Asketen bei diesen Schnellbürgern, oder ist er bei den Müsliessern? Würde Diogenes sich bei McDonald's oder im Grünen Laden ernähren? Ist das Schnellrestaurant nicht egalitärer? Ist die Hamburgerkette nicht die Stätte, an der die Ärmeren essen?

Das treibende Motiv bei Diogenes ist die Unabhängigkeit gewesen. Er suchte sich von Macht, Herrschaft und Einfluß freizuhalten. Darum sein Mißtrauen gegen Staat, Familie, Bequemlichkeit, gegen Haus und Hof. Diogenes würde sich wohl nicht in die Hände einer zentralisierten Produktion begeben haben. Denn größer kann die Abhängigkeit kaum sein als die, die zu den Produkten der Lebensmittelindustrie führt: Hinter dem Fischstäbchen ragt eben die Flotte von Staubsaugerschiffen auf, die die Meere leerfischen und noch an Bord mit gewaltigem Energieaufwand aus der Makrele Fischstaub machen, der dann zum Fischstäbchen geformt wird. Diogenes, der den großen Alexander bittet, ihm aus der Sonne zu gehen, der würde wohl den langen Schatten der Kühlschiffe gesehen haben.[1] Von ihm läßt sich leicht ein Bogen schlagen zu dem Satz des amerikanischen Asketen Thoreau, der über sein Leben in den Wäldern Nordamerikas geschrieben hat: «Ein Mensch ist reich in Proportion zu den Dingen, die sein zu lassen er sich leisten kann.»[2]

Es gibt jedoch eine eigentümliche Beklommenheit, wenn man über die Notwendigkeit und auch die potentielle Freude am Verzicht redet, die oft nichts anderes als eine unerfüllte Sehnsucht bleibt. Das Wort Verzicht zieht geradezu zwangsläufig ein ABER nach sich, das den Verzicht nur als ein Instrument der Repression gegen die ohnehin schon Armen begreifen will. Wer von Verzicht redet, ist sofort und ausschließlich als verlängerter Arm neoliberaler Sozialpolitik identifiziert. Den Verdacht gilt es ernst zu nehmen, und es wäre ihm gleichwohl mit Seneca zu entgegnen: *Nur wenige hält die Knechtschaft gefangen, die Mehrzahl hält an der Knechtschaft fest.*[3]

1 Vgl. dazu Jeremy Rifkin: Das Imperium der Rinder, Frankfurt/M. 1994.

2 H. D. Thoreau: Walden oder Leben in den Wäldern, Zürich 1971, und derselbe: Über die Pflicht zum Ungehorsam gegen den Staat, Zürich 1973.

3 Seneca: Epistulae morales ad Lucilium, Liber III, 22. Brief.

# Die Begierden des Fleisches

*Frage: Ist Sex eine schmutzige Angelegenheit?*
*Antwort: Wenn man es richtig macht, ja.*
WOODY ALLEN

Mehr als 750 Millionen Dollar haben die Amerikaner 1996 für Telefonsex ausgegeben. Zwei Drittel aller Telefongebühren, die im oberen Management der hochverschuldeten Berlusconi-Firma (Italien) angefallen waren – so stellten die Sanierer fest –, waren für Sexgespräche abgebucht worden.[1] Netsex und Telefonsex erlauben es, sich eine Wunschindividualität zuzulegen. Man kann als Mann oder Frau mitmischen, kann sich dünn, schlank, muskulös, blauäugig oder pervers geben. Auch das Gegenüber ist keine konkrete Person, sondern ein Phantasiebild. RL (real life) bleibt mit seinen Enttäuschungen und Hindernissen draußen. Das Gegenüber ist wie die sich selbst – anstrengungslos – öffnende Glastür. Und eigene Fehler oder Probleme können verborgen und vergessen werden. Es ist wie im Märchen: Der Krüppel verwandelt sich in einen Prinzen, sogar eine Geschlechtsumwandlung kann virtuell vollzogen werden. Mit den Risiken und Schmerzen der Liebe (die ja ohnehin schon lange zum Arzt oder zum Therapeuten getragen werden) ist es vorbei.

Während die Personen unsichtbar und phantastisch werden, lassen sich andererseits jederzeit Bilder abrufen, die alle fleisch-

1 Peter Glaser in: Konr@d. Der Mensch in der digitalen Welt 1, 1997, S. 50.

lichen Details konkret vorführen. In den siebziger Jahren haben die französischen Philosophen Bruckner und Finkielkraut angesichts drastischer Pornographie gefragt: *Was kann man noch zeigen?* Inzwischen ist die Antwort gefunden: Englische Wissenschaftler haben die Ejakulation des Mannes im Inneren der Frau gefilmt – ermöglicht durch eine winzige Endokamera. Die Aufnahmen wurde der ebenso empörten wie zugleich ungemein interessierten Öffentlichkeit inzwischen vorgeführt.[1]

Fast risikolos ist der virtuelle Ehebruch möglich. Während der ohnehin unwillige Mann vor dem Fernseher eingeschlafen ist, kann sich die frustrierte Ehefrau im Nachbarzimmer den Freuden des Telefonflirts hingeben. Die Fältchen und Röllchen fallen ab, der Partner wird phantasiert als jung, stark, wild, während er wahrscheinlich im RL ein schwammiger Biedermann im Turnanzug ist.

Vielleicht rettet der Online-Sex die zerbröckelnden Ehen? Der in den Käfig der Ehe eingesperrte Eros hat wenig Überlebenschancen. Irgendwann geht das erotische Röcheln in irritierendes Schnarchen über – und dann bleibt das Belauern, die Resignation, die Flucht (diese drei, aber die Resignation ist die größte unter ihnen). Weil fast jeder Werbespot, jede Sexshow, jede Regenbogenillustrierte allen alles verspricht, wird die Monogamie zur Wüstenei, zum Zwangskloster. Nur die düstere Ahnung, daß die anderen auch nicht kriegen, was versprochen wird, gereicht zum kalten Trost. Die klerikal betriebene Domestikation der Sexualität in der Ehe funktioniert nicht mehr. Das «Sitz!», mit dem Priester und Pfarrer Männer und Frauen in der Ehe zusammengehalten haben, hat seine disziplinierende Kraft verloren.

1 Ebd.

Es zeigt sich, daß die ohnehin eher junge Kombination von Ehe und Eros am Ende ist. Bei der Gelegenheit allerdings wird das Treueversprechen – das man in guten wie in schlechten Zeiten beieinander bleiben wolle – gleich mitverschreddert. Dort, wo das Zwangskloster noch aufrechterhalten wird, in Reihenhaussiedlungen, in Bungalows und Eigentumswohnungen, werden die anfänglichen Hoffnungen nur zu oft unter Bier und Chips, unter Kabelprogrammen und Keifereien begraben. Wo das Leben angeblich noch in Ordnung ist, auf dem Lande, ist es derweilen am schlimmsten: Prügel und Alkoholismus unter dem Marienbildchen, Haß und Repression neben der Häkeldecke. Allenfalls die Erinnerung daran, daß man eine Erwerbsgemeinschaft ist, hält die Leute noch beisammen.

Man darf vermuten: Je erdrückender *Sex* (noch nicht einmal Sexualität) allgegenwärtig ist, desto weniger findet er real statt. «Wovon habe ich mehr», fragt sich ein Fünfundzwanzigjähriger: «Wenn ich mit ihr schlafe – oder wenn ich sie kränke? Meist bringt mir die Kränkung mehr.»[1] Ein Drittel aller Deutschen zwischen 18 und 68 lebt enthaltsam. Retortenmediziner werden neuerdings mit dem Wunsch konfrontiert, Kinder zu machen, weil die Eltern nicht miteinander verkehren wollen. In der Treibhausschwüle des sexualisierten Alltags scheint die erotische Phantasie nicht mehr Tat werden zu können. Der öffentliche Sex tötet den privaten Eros. Der Sieg über die Lust wird nicht – wie bei den frühchristlichen Asketen – als Sieg über den Teufel gefeiert, sondern als Sieg über die drohende Abhängigkeit von einem anderen.

Was in *Bravo* und Nightshow, in der Parfümwerbung und im Urlaubsprospekt an primären und sekundären Geschlechts-

1 Stern vom 11. Juli 1996.

merkmalen geboten wird, ist ja immer nur Mittel – was alle wissen, aber gern vergessen. Die uns vor die Augen gehaltenen Körperteile sollen uns zum Verbrauch von Zigaretten, Unterhosen, feuchtem Toilettenpapier oder Flugkilometern animieren. Ein gigantisches Betrugsmanöver, das offenbar – was die Kaufanimation betrifft – funktioniert. Banalerweise bleibt es dabei, daß der Käufer eben doch am Ende nur das Toilettenpapier in der Hand hält und nicht das Model.

Konsequenterweise richten sich die Begierden des Fleisches immer mehr auf den eigenen Leib statt auf den des anderen. Der Schönheitschirurg Steven Hoefflin, der Michael Jackson, Liz Taylor, Sylvester Stallone und Nancy Sinatra zu seinen Kunden zählt, stellt fest, daß in Kalifornien *ästhetische Chirurgie* (welch schönfärberischer Ausdruck!) denselben Stellenwert hat wie körperliche Fitneß, ein guter Haarschnitt, gepflegtes Make-up, modische Kleidung und schöner Schmuck. Hoefflin: «Ich mache Maßarbeit, so wie ein Innenarchitekt eine Einrichtung exakt auf die Wünsche der Klienten zuschneidet.»[1] Das *Innere* ist nicht mehr eine Charakterfrage, sondern eine Frage der Chirurgie. «Jeder Patient kriegt ein kleines Extra von mir – ein kleines Laserpeel vielleicht, leicht aufgeplusterte Lippen, eine kleine Straffung unter den Augen. Das ist mein persönliches Geschenk.»

Die Begierde richtet sich darauf, begehrlich zu sein. Der Perfektion des eigenen Körpers gilt die Aufmerksamkeit, nicht dem möglichen anderen, der zum Kunden der eigenen Schönheit werden soll. In den USA haben sich bisher circa zwei Millionen Frauen die Brüste mit Silicon verändern lassen, in Deutschland rund 250000.[2] Von Berlin aus starten busweise

1 Interview in: Süddeutsche Zeitung Magazin vom 19. September 1997.
2 Meldung der Welt am Sonntag vom 21. September 1997.

Frauen in Richtung Polen, weil dort Schönheitsoperationen billig sind.

Wenn man heute junge Menschen fragt, was sie sich unter Askese vorstellen, dann wird Askese zuerst als sexuelle Enthaltsamkeit verstanden – gewissermaßen als der gräßlichste Einfall, den das Christentum hervorgebracht hat. Von diesem muffigen Christentum gilt es sich zu befreien. Fraglich ist aber, ob nicht die gegenwärtige schale Sexualisierung des Alltags die Möglichkeit der Liebe so nachhaltig zerstört, daß eine gelangweilte Askese sich ausbreitet, der gegenüber die christliche Askese ein heißer Kessel war, weil man sich immerhin noch leidenschaftlich erinnerte an das, worauf man zu verzichten sich entschlossen hatte. Die Gelangweilten müssen mit immer schärferen Reizen agitiert werden. Der vertrocknende Trieb, das Ersterben der Vitalität muß durch immer schärfere Peitschenhiebe entzündet werden. Sterben der starken Gefühle und Verdämmern der leidenschaftlichen Sehnsüchte: «Die große Liebe lebt im kleinen Werbespot, zwischen Instantkaffee und Leichtmetallfelgen.» Man will «nichts mehr glauben, sondern nur noch wissen: Wer schlief mit wem?»[1]

1 Thomas Assheuer: Ach, die Rossini-Deutschen, in: Die Zeit vom 28. März 1997.

# Vierter Abschnitt: Von der Auflösung des Gewissens

*Nur unverdientes Glück ist wahres Glück.*

Herbert Marcuse

# Aufstieg und Fall des Individuums

Vom Titelbild der *Bravo,* der beliebten Teenagerzeitschrift, schaut ein Jungengesicht, links und rechts zieht sich über die Wangen ein blauweißer Farbstrich – Indianerkriegsbemalung. Von der Szenezeitschrift *Kultur* schaut gar ein Blondkopf mit weißem Schillerkragen, in dessen Wangen jeweils drei Tätowierungsnarben einretuschiert sind.[1]

Die Tätowierungsnarben, die den jungen Frauen und Männern früher zugefügt worden sind, haben einmal das Gesetz der Gesellschaft in die Körper geschrieben; sie waren Spuren des Übergangs von der Jugend in das Dasein des Erwachsenen. Der Körper ist der Sammelpunkt des Stammesethos.[2] In den Leib gebohrte Löcher, in die Wunden gejagte Spieße, Verstümmelungen, zerfetztes Fleisch. Die Folter ist das Wesen der Initiation, aber der Sinn der Initiation ist nicht eine abstrakte Quälerei; sie ist vielmehr der Versuch, die Nachkommen gesellschaftsfähig zu machen: *Ihr gehört zu uns. Jeder von euch ist uns gleich, jeder von euch ist den anderen gleich. Ihr tragt das Zeichen der Gesellschaft auf eurem Körper.* Gesellschaft bildet sich geradezu aus asketischen Akten, die in einer unentwirrbaren Mischung aus Zwang und Freiwilligkeit vollzogen werden.

Fortschrittsgesellschaften ritzen die Gesetze der Gemeinschaft nicht mehr mit dem Steinmesser in die Körper, sondern sie haben die intime Beichte in die Ohren des Priesters, die

1 Beides im Januar 1997.

2 Pierre Clastres: Staatsfeinde. Studien zur politischen Anthropologie, Frankfurt/M. 1976, S. 171.

schroffe Autorität der Eltern und die Wissensinfiltration durch den Lehrer an die Stelle gesetzt. Die Ohrfeige, die Zuchtrute, der Rohrstock – also das, was von außen auf den Körper trifft – wurde zum Zusatzinstrument, wurde allenfalls dann aktiviert, wenn der Weg der Verinnerlichung der Gesetze nicht funktionierte. Aber die Grundidee lautet nun: Das Gesetz der Gemeinschaft wird als «Gewissen» in die Seele der Nachkommen hineingetrieben. Ein «Charakter» soll die äußeren Narben ersetzen: Charakter kommt aus dem Griechischen und bezeichnet ursprünglich das Brandmal – der Charakter ist in fortgeschrittenen Gesellschaften das nach innen verlegte Brandmal.

Franz Kafka hat diesen Prozeß (und wohl auch die Krise dieses Prozesses) in seiner Novelle *In der Strafkolonie* beschrieben. Dort wird einem Verurteilten mit einer komplizierten, nadelbewehrten, säuresprühenden Maschine das Urteil in den Körper gestanzt. Der tödliche Lernprozeß besteht darin, daß der Verurteilte sein Urteil körperlich erfährt, bevor ihm die Augen brechen. Ehe die Maschine ihn endgültig aufspießt, haben seine Wunden das Gesetz gelesen, begreift der Verurteilte den Urteilssatz, der ihm in die Haut eingestanzt wurde: *Ehre deinen Vorgesetzten.*

Kafka als Prophet: Es sieht heute so aus, als würde der Prozeß der Verinnerlichung des Gesellschaftsgesetzes nicht mehr funktionieren. Die Priester sind verschwunden, die Eltern haben sich getrennt, die Lehrer verteilen steril verpackte Wisseneinheiten. Die Instanzen, die Verinnerlichung besorgten, sind zermürbt. Das moralische Kontrollzentrum, das vom Dreierclub «Priester–Vater–Lehrer» einst implantiert wurde, ist lahmgelegt. Damit ist die Kohäsion der Gesellschaft bedroht, weil die modernen Ichlinge als einzige Instanz nur ihren gestörten Narzißmus zum Maßstab des Handelns machen können.

Eine elektronisch avancierte Gesellschaft – wie die unsere – verlegt sich deshalb auf technische Möglichkeiten der Kontrolle: Am Ausgang des Warenhauses steht heute ein Moses in Gestalt einer metallenen Säule. Die piept, wenn jemand einen nichtbezahlten Pullover aus dem Hause trägt. Das *Du sollst nicht stehlen!* ist in einen elektronisch gesteuerten Überwachungsapparat abgespeichert. Dieser Dreischritt kennzeichnet die drei Stufen der Moralgeschichte: Von der drakonischen Disziplinierung durch Prügel, Initiation und Verletzung aus entwickelt sich die Geschichte der Verinnerlichung von Moral. Deren Verabschiedung erleben wir gerade – zugunsten einer technischen Verhaltensüberwachung. Die moralische Vernetzung der Individuen geschieht mittels des Auges der Kamera, der optischen Alarmsignale usw.

In Bremen wird seit Februar 1997 mit der Verwendung von Videokameras in Taxen experimentiert. Ein Objektiv erfaßt die Gäste, und man kann sich selbst auf einem kleinen Monitor betrachten: eine Art virtueller Stacheldraht im Taxi. In Hamburg steigen Taxifahrer in bestimmten Stadtteilen nicht mehr aus, um die Gäste herbeizuklingeln, sondern warten aus Sicherheitsgründen darauf, daß sie aus dem Haus kommen. Der innere Kreiselkompaß, der die Individuen sicher durch den Werteozean der Gesellschaft geleitete, ist verschwunden. Die moralischen Rohstoffe sind aufgebraucht, und deshalb verstärken sich Versuche, die soziale Kontrolle mit Hilfe von Apparaten zu sichern.

Der Medienbeauftragte der CDU im Bundestag, Hans-Otto Wilhelm, hat im Februar 1997 vorgeschlagen, die Kleidung von Kindern mit Minisendern auszurüsten oder Chips unter die Haut von Minderjährigen zu verpflanzen. Das würde sie vor

Verbrechen wirksam schützen. Der Körper als eine schrillende Alarmanlage: Natürlich erlaubte eine solche Implantation nicht nur die Überwachung der Kleinen im Gefahrenfall, sondern der Chip wäre auch der ideale Bewegungsmelder: Man wüßte immer, wo sie sind. Das Babyphon («mobiler 2-Kanal-Funkbabysitter»), mit dem Eltern bisher schon Säuglingsgeräusche überwachen konnten, war der Faustkeil der elektronischen Kinderüberwachung. Schon bietet der Praktiker-Markt den *mobilen Funk-Kinderwächter* – «meldet das Entfernen Ihres Kindes, sobald es den Überwachungsbereich verläßt, Reichweite einstellbar 10 und 25 m, Alarmton ca 85 dB (A), ideal auch gegen Diebstahl von Koffern, Taschen, Mäntel etc.». (Das falsche Deutsch ist auch ein verräterisches. Das «sich» ist dem «*Entfernen*» nicht zufällig entschwunden. Beschrieben wird ein fleischlicher Partikel in Bewegung, der eben nicht mehr *sich* bewegt, sondern einen Bewegungsradius hat, auf dem er der elektronischen Kontrolle unterworfen ist.[1]) Der Chip vervollkommnet – wie man sieht – die Überwachung und löst sie von festen Personen und Orten. Der *Kinderwächter* hat die Kinderfrau ersetzt und kann nun im Netz des Kinderwagens mitgenommen werden.

Die Geschichte der Verinnerlichung von Normen neigt sich dem Ende zu, die Automatisierung des Menschen löst die Verinnerlichung ab. Das, was einmal das Subjekt war, wird zu einem Anhängsel von elektronischen (und anderen) Netzen. Die Sicherheitsindustrie spielt die Rolle einer Avantgarde: «In einer Zeit zunehmender Sicherheitsrisiken zieht auch der schärfste Wachhund langsam den Schwanz ein», wirbt die Firma Interflex: «Sicherheit von Interflex ist keine Zwangsjacke ... Von der

1 Vgl. Marianne Gronemeyer: Das Leben als letzte Gelegenheit, Darmstadt 1993, S. 40 ff.

Sicherung und Überwachung des Zutritts von außen bis zur gezielten Personensteuerung im Inneren.»[1] Die gezielte Personensteuerung im Inneren ist zwar noch räumlich gemeint. Aber die psychische Dimension ist im Visier.

Die Humanwissenschaften wandeln sich bei dieser Gelegenheit zu Hilfswissenschaften. Eilfertigkeit kennzeichnet die Stimmung. Schon ist man stolz, aus der sozialwissenschaftlichen Diskussion den Menschen exportiert zu haben. Niklas Luhmann hat sein abschließendes Werk (*Die Gesellschaft der Gesellschaft*) dezidiert als *antihumanistisch* bezeichnet.[2] Das soll natürlich vor allem die Rückständigen kränken und jene treffen, die immer noch nicht begriffen haben, daß Gesellschaft nach dem Muster eines blutleeren Systems zu beschreiben ist. Wie ein Mitesser ist der Mensch aus der Luhmannschen Systemgesellschaft rausgequetscht. Die Frage nach der Verinnerlichung stellt sich gar nicht mehr, ebenso wie die alten Topoi «Sinn», «Moral» usw. mit dem grünlichen Schimmel des Altvorderen überzogen sind. Jedem einzelnen ist im voraus ein Platz bestimmt und zugewiesen, den er nur noch auszufüllen hat. So lebt niemand seine eigene Wirklichkeit, sondern jeder nur die eigene Funktion.

Auf das Ende der Verinnerlichung scheint die Graffitimanie der Jugendlichen zu antworten. Eine Tätowierung der Welt wird da vorgenommen – als verkehrte Welt freilich, denn diese Tätowierung wird von denen durchgeführt, die ursprünglich die Adressaten der Initiation waren: *Wenn wir nicht mehr in der tätowierenden Initiation das Gesetz der Gesellschaft erfahren, dann wundert euch nicht, wenn wir die erfahrene Gesetz-*

1 Anzeige in: Der Spiegel 41, 1996.

2 Niklas Luhmann: Die Gesellschaft der Gesellschaft, Frankfurt/M. 1997.

*losigkeit euren Glitzergegenständen und euren öden Wänden auftätowieren.* Die Außenwelt als Benutzeroberfläche. Wenn man die New Yorker und Berliner Einsatztrupps anschaut, die in Sofortaktionen Graffiti beseitigen, kann man den Eindruck gewinnen, daß die Auseinandersetzung um Werte und Normen sich allmählich auf die Auseinandersetzung zwischen Sprühlacken und Lösungsmitteln verlagert.[1]

## Von der Tugend zur Statistik

In einem mühsamen Prozeß der Disziplinierung sind alle Instinkte, welche sich nach außen entladen – so hat es Friedrich Nietzsche formuliert –, nach innen gewendet worden. Das ist das, «was ich die *Verinnerlichung* des Menschen nenne: damit wächst erst das an den Menschen heran, was man später seine ‹Seele› nennt. Die ganze innere Welt, ursprünglich dünn wie zwischen zwei Häute eingespannt, ist in dem Maasse auseinander- und aufgegangen, hat Tiefe, Breite, Höhe bekommen, als die Entladung des Menschen nach aussen *gehemmt* worden ist. Jene furchtbaren Bollwerke, mit denen sich die staatliche Organisation gegen die alten Instinkte der Freiheit schützte», sorgten dafür, daß die Instinkte des wilden freien schweifenden Menschen sich gegen den Menschen selbst wandten. *Das ist der Ursprung des «schlechten Gewissens».* Nun ist der Mensch in die Enge und Regelmäßigkeit der Sitte eingesperrt, ein Tier, das

1 In der Verbotsübertretung, die das Sprühen bedeutet, kehrt natürlich auch das kulturgeschichtlich alte Phänomen der die Gesellschaft in Banden und Gruppen verlassenden und sie bedrohenden Jugendlichen wieder (vgl. Pierre Vidal-Naquet: Der schwarze Jäger, Frankfurt/M. 1989). Dabei ist hier von männlichen Jugendlichen die Rede, weibliche Jugendliche scheinen ihre Adoleszenzkrisen eher in Eßstörungen – also nach innen gerichtet – zu durchleben.

sich an den Gitterstangen seines Gefängnisses wundstößt, das sich im Heimweh nach der Wüste verzehrt.[1] Der Prozeß der Zivilisierung, hier als eine Art Sündenfall beschrieben, produziert wohl nicht nur das «schlechte Gewissen», wie Nietzsche sagt, sondern das Gewissen überhaupt als eine die Handlungen der Zivilisationsbewohner leitende Instanz.

Die Verinnerlichung ist mit der Industriegesellschaft verbunden, die auf Individuen angewiesen ist, die im industriegesellschaftlichen Kontext funktionieren. Die werden nun aber nicht mehr gebraucht, nachdem die Arbeitsgesellschaft mit dem Homo laborans verschwindet. Man kehrt damit freilich nicht zurück in die Epoche vor diesem Verinnerlichungsprojekt, sondern betritt ein neues Territorium: das Territorium der Außensteuerung. Man kann sich das am Wandel der Chirurgie verdeutlichen, die wir kennengelernt haben als die blutige Invasion in den Körper, mit deren Hilfe der Blinddarm zum Beispiel im letzten Augenblick entfernt werden konnte. Diese Chirurgie wandelt sich gegenwärtig zur Implantationswissenschaft. Immer mehr Operationen dienen der Einpflanzung von Geräten, die Organe aktivieren, steuern, justieren. Der Herzschrittmacher war das erste justierende, ja man kann sagen: automatisierende Gerät, aber zu Beginn des kommenden Jahrhunderts wird die Mehrzahl der chirurgischen Eingriffe solche Justierungsabsichten verfolgen.[2] Es wird nicht nur die Moral den Geräten implantiert, sondern gleichzeitig gibt es die Verinnerlichung von Gerätschaften in den menschlichen Körper. Aus dem Menschen wird ein von außen und innen gesteuerter Organismus.

1 Friedrich Nietzsche: Zur Genealogie der Moral, München 1988, S. 322 f.
2 Paul Virilio: Das letzte Fahrzeug, in: Aisthesis, Leipzig 1993, S. 265 ff.

Man kann die Geschichte der Askese – und ihre gegenwärtige Bedeutung – nicht beschreiben, ohne sich dieses Wandels bewußtzuwerden: des Wandels von der Verinnerlichung zur Automatisierung der Moral. Der Körper kann als eine Art Internierungslager aufgefaßt werden, in dem die Instinkte von den Konventionen der Gesellschaft unterjocht werden (sagt Gerty McDowell im *Ulysses*[1]). Und die zeitgemäße Gestalt der Unterjochung ist nicht mehr durch den im Über-Ich repräsentierten Gott-Vater angezeigt, sondern durch den implantierten oder den Menschen umstellenden Apparat.

Die moderne Arbeitsgesellschaft verdankt sich einem Akt der Askese. Das hat Max Weber eindringlich beschrieben. Die christliche Askese war aus der Welt in die Einsamkeit geflohen. Sie hat aus dem Kloster heraus, indem sie der Welt entsagte, die Welt kirchlich beherrscht. Sie hat aber während dieser Zeit «dem weltlichen Alltagsleben seinen natürlich unbefangenen Charakter gelassen».[2] Mit den reformatorischen, insbesondere den calvinistischen Impulsen ging die Askese dann auf den Markt des Lebens. Sie schlug die Tür des Klosters hinter sich zu und begann gerade das weltliche Alltagsleben mit ihrer Methodik zu durchtränken, es zu einem rationalen Leben in der Welt und dennoch nicht von dieser Welt oder für diese Welt umzugestalten. Die Askese der Mönche verläßt die Klostermauern und geht ein in die Welt der Ökonomie.

Die protestantischen Religionen entwickeln eine Abwehr gegen alles Sakramental-Magische in der Kirche und treiben die Entzauberung der Welt damit voran. Die *systematische*

1 Zit. Maud Ellmann: Die Hungerkünstler, Stuttgart 1994, S. 12.

2 Max Weber, Gesammelte Aufsätze zur Religionssoziologie, Band I, Tübingen 1988, S. 163.

*Selbstkontrolle*[1] ersetzt das mittelalterliche *muddling-through*: Der normale mittelalterliche katholische Laie lebte in ethischer Hinsicht von der Hand in den Mund.[2] Die mittelalterliche Widersprüchlichkeit wird von der protestantischen *Einheit* abgelöst. Die ethische Praxis, die Askese, wird zu einer *konsequenten Methode der Lebensführung*, wie Max Weber sagt.[3] Damit wird in einem gewaltigen Akt der Egalisierung die individuelle Haltung zugunsten eines gewünschten Musters beseitigt.[4]

Die Askese hatte sich schon in den Mönchsorden von planloser Weltflucht und virtuoser Selbstquälerei abgelöst und war zu einer Methode rationaler Lebensführung geworden, mit dem Ziel, den *status naturae* zu überwinden und die Menschen der Macht der irrationalen Triebe zu entreißen. Angestrebt war die Suprematie des planvollen Willens: Die konstanten Motive sollten den Affekten gegenüber in den Vordergrund treten – so Max Weber.

Man kann wohl sagen, daß die moderne Persönlichkeit, das Individuum, sich diesem Akt der Askese verdankt, der als außerweltliche Askese in den Klöstern beginnt und dann in der innerweltlichen Askese der modernen Industriegesellschaft zum Massenphänomen wird. Die asketische Durchdringung der Welt, die im Kloster vorbereitet wird, explodiert in die Welt hinein – läßt aber die *consilia evangelica* hinter den Klostermauern zurück und droht schon damit zum selbstlaufenden Prozeß zu werden: Die Askese mechanisiert sich. Man geht nicht mehr zur Beichte, sondern der reformierte Christ fühlt sich selbst den Puls. Das führt – wie Max Weber folgert – zu

1 Ebd., S. 111.
2 Ebd., S. 113.
3 Ebd., S. 115.
4 Hinweis von Marianne Gronemeyer.

einer penetranten Christianisierung des ganzen Daseins. Die konstant-asketische Gestaltung des Lebens wird bleiben, die christlichen Bestandteile indessen können bald verschwinden.

Benjamin Franklin hat exemplarisch jene sittliche Buchführung begonnen und seine Fortschritte in den (neuen) Tugenden der Sparsamkeit, der Disziplin und der Akkumulierung von Geld tabellarisch-statistisch notiert. Was sich da noch sittlich nennt, will so schnell wie möglich ökonomische Rationalität werden. Man braucht nur noch die Tugend zu streichen und die Buchführung zu perfektionieren, dann hat man die moderne Welt.

So folgt heute beispielsweise die Auswahl von Themen in Fernsehsendungen nur noch dem Imperativ der Zuschauerquoten und hat sich von jedem moralischen Imperativ gelöst. Beispiel: Der Redaktionsleiter Matthias Pfeffer sagt über seine Focus-TV Sendung, die sonntags abends läuft und ein Politikmagazin zu sein vorgibt, die aber über Themen wie Ufos, Brustoperationen, Importautos berichtet und damit allenfalls noch die Hülle eines solchen Magazins nutzt: «Für uns ist Politik immer dann spannend, wenn es um verbrauchernahe Themen geht ... Wir hatten im vergangenen Jahr mal einen Beitrag über den Hisbollah-Terror in Israel. Wir zeigten einen Jungen, der bereit war, sich als lebende Bombe in einen Bus zu begeben und von seinem Vater wieder zur Besinnung gebracht wurde. Sehr spannend. Aber wir hatten nicht mehr Zuschauer als beim Werbeblock davor. Normalerweise ziehen die Zahlen nach der Werbung immer an.»[1]

Die Tugend ist gestrichen, die Statistik bleibt. Ein Junge als lebende Bombe zieht die Quoten nicht hoch? Als Thema erledigt. Es ist eben keine verbrauchernahe Information. Der offen-

1 Süddeutsche Zeitung vom 18. Februar 1997.

sive Zynismus, nein, das ist kein Zynismus: die offensive moralfreie Barbarei ist das, was bleibt. Die systematische Lebensführung, die Benjamin Franklin mit seiner sittlichen Buchführung in die Welt bringt, wird abgelöst durch eine systematische Gestaltung der Welt, um aus Meinungsumfragen, Statistiken, Trendberechnungen etc. das zu konstruieren, was der zum Zuschauer gewordene Mensch konsumieren muß. Beim leisesten Widerspruch können ihm dann die Blockdiagramme um die Ohren gehauen, kann er in den Kurven aufgehängt werden, die die Graphiken zeigen: Es ist doch das, was du, als Teil einer Umfragemasse, gewollt hast.

Nur augenblicksweise erhellt sich noch das Dunkel, und wir begreifen, daß wir von Zombies und Nekrophilen umgeben sind und daß unser Alltag von ihnen verwaltet wird. *Im heutigen Leben gehört die Welt* – sagt der portugiesische Dichter Fernando Pessoa schon am Beginn dieses Jahrhunderts – «nur den Narren, den Grobschlächtigen und den Betriebsamen. Das Recht zu leben und zu triumphieren erwirbt man heute fast durch die gleichen Verfahren, mit denen man die Einweisung in ein Irrenhaus erreicht: die Unfähigkeit zu denken, die Unmoral und die Übererregtheit.»[1]

## Der Tod der Askese

Der Blick zurück zeigt uns ein Drama in drei Akten, Aufstieg und Fall der Askese, der Vorhang fällt gerade, der dritte Akt ist zu Ende gegangen.

1 Fernando Pessoa: Das Buch der Unruhe, Frankfurt/M. 1997, S. 14 (Hervorhebungen R. G.).

Erster Akt: *Die Askese verpuppt sich.*
Askese, die zuvor eine Angelegenheit der einzelnen war, nimmt im Kloster des christlichen Abendlandes systematische Züge an, gestaltet die Welt und den Alltag der Mönche. Sie bildet – lokal begrenzt – den heraufkommenden Staat und die arbeitsteilige Gesellschaft und das Individuum, das einer systematischen Lebensführung unterworfen ist. Die Klosteraskese baut ein Gebäude der Tugenden, die ein gottwohlgefälliges Leben erlauben sollen.

Zweiter Akt: *Die Askese bricht aus.*
Sie verläßt das Kloster, wird zum Muster für die weltliche Lebensführung. Sie gestaltet das moderne Individuum und verrät sich selbst, weil sie sich nun mit dem verbindet, was Asketen gerade zu verachten gewohnt waren: mit dem Staat, mit der Familie, mit der Lohnarbeit. Die religiösen Tugenden werden mehr und mehr von innerweltlichen Tugenden gefressen. Eine Ethik der Sparsamkeit, des Verzichtes, der regelmäßigen Absonderung von Arbeitskraft setzt sich durch. Aus dem Kloster wird ein die gesamte Gesellschaft gestaltendes Arbeitshaus.[1] Nun dreht sich der Spieß um: Wer sich nicht der asketischen Welt der Arbeitsgesellschaft einfügt, wird eingesperrt – in Gefängnisse, Psychiatrien, Arbeitshäuser. Aus den wohlgestalteten, den Kosmos nachbildenden Gewölben und Kreuzgängen des Klosters wird das stählerne Gehäuse der Industriegesellschaft. Dieser moderne Asketenstaat schafft einen ungeheuren Reichtum, aber er unterwirft seine Mitglieder auch einer rein

1 Vergleiche u. a.: Michel Foucault: Überwachen und Strafen. Die Geburt des Gefängnisses, Frankfurt/M. 1977; Christoph Sachße/Florian Tennstedt: Geschichte der Armenfürsorge in Deutschland, Stuttgart 1980; Götz Eisenberg/Reimer Gronemeyer: Jugend und Gewalt, Reinbek 1993.

mechanischen Logik. Die Arbeitsgesellschaft gestaltet die Oberfläche des Planeten um, aber sie produziert auch die Barbarei von Auschwitz (*Arbeit macht frei*) und den Überlegenheitswahn von Hiroshima. Die Arbeitsgesellschaft mündet in ein Jahrhundert der Barbarei.[1] Am Ende herrschen die wahnsinnig gewordenen Asketen: «Die grausamsten, mit Blut besudelten Tyrannen unseres Jahrhunderts sind selbstlose Asketen gewesen.»[2] Von Hitler bis Pol Pot wüten schließlich die radikalen Vegetarier, denen es nichts ausmacht, im menschlichen Blut zu waten und sich selbst dabei noch als entsagungsvoll, als hart gegen sich und andere im Auftrag einer höheren Aufgabe zu begreifen: Der asketische Volkskörper soll von allem gesäubert werden, was als Verunreinigung phantasiert wird. Askese als eine Art blutrünstig gewordener Waschzwang – da endet das calvinistische Abenteuer.

Dritter Akt: *Die Askese stirbt.*
Schon seit den fünfziger Jahren kann man – zuerst in den USA, dann auch in Europa – beobachten, daß die Arbeitsgesellschaft mit ihren Tugenden der Sparsamkeit und des Verzichtes müde wird.[3] Sie gebiert eine Konsumgesellschaft, Wirtschaftswunder überall. Die Arbeitszeiten verkürzen sich, die Freizeitgesellschaft setzt zum Sprung an. Schritt für Schritt wird das Geld, das man auf Sparbüchern angelegt hat, abgeholt und in den neuen Wohnzimmerschrank, das nächste Auto, die Stereoanlage, in den Zweit- und Dritturlaub gesteckt. Der Anzug und das Kleid sind keine dauerhaften Anschaffungen mehr, Mode

1 Eric Hobsbawm: Das Zeitalter der Extreme, München / Wien 1995.
2 Zygmunt Bauman: Postmoderne Ethik, Hamburg 1995, S. 366.
3 Vgl. dazu Götz Eisenberg: «Wer nicht arbeitet, soll auch nicht essen!», in: Psychosozial 13, 1990, Heft III, S. 103 ff.

wird zu einer beschleunigten Angelegenheit. Die Lebenszeit von Anzügen, Schränken und Autos schrumpft. Die Reise führt nicht mehr in die Berge oder an die See, sondern in die Karibik oder auf die Kanaren. Der Eßtisch wird durch den Couchtisch abgelöst, dem Fernsehapparat gegenüber. An die Stelle des Essens, mit Muttis dampfenden Kartoffeln, treten Chips, die vor der Glotze geknuspert werden. Das Girokonto, der Überziehungskredit und die Scheckkarte lösen das Sparbuch ab. In den fünfziger Jahren war der Weg des Kleinbürgers zum Kreditbüro (wenn das Geld für den Wintermantel oder den Konfirmationsanzug einfach nicht da war) ein eher demütigender Bittstellergang. Etwas Peinliches, Unsolides hing über dem Ganzen, bis die Anträge ausgestellt, die 200 Mark ausgehändigt waren. Im Jahrzehnt der Habgier – wie man die achtziger Jahre wohl nennen kann – wurden alle Bremsen gelöst.

Es geriet etwas ins Rutschen. Der asketisch-autoritäre Paterfamilias verschwand hinter den Kulissen – auf die Bühne trat der bierbäuchige, kurzbehoste Mallorcaurlauber; es verschwand die fügsam-anspruchslose, kochende, putzende, flickende, an Gott, den Führer und den Ehemann glaubende Hausfrau und wich dem Wesen in Trevirahosen, das vom Staubsauger bis zur Tiefkühltruhe einen Maschinenpark verwaltet, einem Kegelclub angehört und an die Brigitte-Diät glaubt. Aus den asketisch-autoritären Ameisen wird eine Horde von Hyänen, die Reisebüros, Boutiquen, Autosalons und Fernsehkanäle stürmen. Die Väter und Mütter der fünfziger Jahre waren Monolithe: klare Prinzipien, feste Charaktere. An ihre Stelle sind synchrone Wesen getreten, die viele Beziehungen und Optionen wahrnehmen, aus Familienbanden fliehen, Last-Minute-Angebote schätzen und am Wochenende keinen Spaziergang machen, sondern ein paar hundert Kilometer abreißen.

Aufstieg und Fall der Askese: Man kann ihren Dreischritt an vielen Kulturlinien entlang beschreiben. Er führt zum Beispiel von *dem* Buch, der Bibel, das das Kloster beherrscht über die Zeitung, das Medium der Arbeitsgesellschaft zum Werbeaufdruck der Konsumgesellschaft. Der Bogen schließt die strenge Haltung des Zisterzienser-Mönchs, das industrielle Verzichtmilieu und den hedonistischen Verbraucher ein. *Man gönnt sich ja sonst nichts*: Die selbstironische Formel, mit der die Bürger der neunziger Jahre ihren Luxus zu kommentieren pflegen, hat etwas Verräterisches. Es ist, als ob die Formel noch einmal das dreiaktige Drama in Erinnerung rufen wollte. Sie teilt die Notwendigkeit und die Überwindung der Askese mit und gibt vielleicht auch schon den Blick frei auf das, was nun kommt: Der Abschied von der Arbeitsgesellschaft, die wie ein Känguruh die Konsumgesellschaft in ihrem Beutel trug. Viele können sich bald nichts mehr gönnen, sondern werden fragen, was ihnen vergönnt bleibt. Der Vorhang ist gefallen. Die Zuschauer, wir, klatschen und wollen uns zum Gehen wenden. Da wird der Vorhang überraschend wieder ein Stück beiseite geschoben, und die verabschiedet geglaubte Askese tritt in härenem Gewand an die vordere Kante der Rampe und verkündet eine neue Askese: Ihr müßt den Gürtel enger schnallen.

Dieser Asket an der Rampe hat einen eigentümlich unkonzentrierten Blick. Verweisen kann er nicht – wie der Mönch verwiesen wurde – auf das jenseitige Glück. Kann auch nicht verweisen auf die Belohnung, die aus innerweltlicher Geschäftigkeit hervorgeht. Muß sich nicht mehr krümmen und verstecken vor der hedonistischen Schlaraffiamentalität. Fast hämisch ruft dieser Asket der letzten Stunde von der Bühne herab: Es ist vorbei mit den satten Jahren. Dieser Asket tritt auf im Namen von nichts, im Namen der Leere. Er ruft nicht: *Befreiung*, sondern: *Entzug*.

Ein hämischer, disziplinierender Asket. Die Askese war eine Gestaltung der Lebensführung, die ins Innere der Individuen eingelagert war. Die neue Askese ist eine äußerliche, die den Individuen Beschränkungen auferlegt. Aber nicht im Namen eines Gottes oder des Fortschritts. Sondern im Namen der Leere. Und damit ist die Wüste in die Gesellschaft eingewandert und in die Individuen. Ja – sie hat Gesellschaft und Individuum geradezu ersetzt. Man braucht nur die Augen zu öffnen, und jeder ist inmitten seiner Wüste. Man ist nicht in die Wüste gegangen, sondern findet sich in ihr vor.

Und das schließt die Möglichkeit ein, sich endlich als Nomade, als Freier, als Neugeborener wahrzunehmen. Mögen die Menschen sich in der Wüste ausgesetzt fühlen, sie müssen es nicht bleiben, sondern können fragile Zelte bauen, Geschichten unter dem Sternenhimmel erfinden und Freundschaften entstehen lassen. Die Leere birgt die Möglichkeit der *desperatio*, der Verzweiflung, die die Alten als eine Todsünde betrachtet haben. Oder sie birgt die Möglichkeit, die Meister Eckart umschreibt: nichts zu haben, sich selbst offen und *leer* zu machen und damit sich das eigene Ich nicht im Wege stehen zu lassen. Das ist die Voraussetzung dafür, Kraft zu erringen.

Tatsächlich scheinen viele Menschen damit beschäftigt zu sein, die leergeräumten Kammern des Ichs mit Selbstverwirklichungssurrogaten aufzufüllen, wie man ein stillgelegtes Bergwerk mit Abraum füllt, um Einstürze zu verhindern. Solche ideologischen Abraumstoffe kann man heute aus Bestsellerlisten (*Sorge dich nicht – lebe* etc.) rieseln sehen.

## Die Menschheit als Kundschaft

*Wir testen das System. Wie tief können die Löhne fallen, wie hoch kann die Arbeitslosenquote steigen, ehe das System bricht. Ich glaube, daß die Menschen sich immer mehr zurückziehen. Sie flüchten zum Beispiel in religiösen Fundamentalismus, und die Gesellschaft bricht auseinander. Im Mittelalter waren alle europäischen Städte von Mauern umgeben. In Amerika mauern sich immer mehr Gemeinden auch ein und lassen sich von bewaffneten Wächtern beschützen.*[1]

Die alten Industriegesellschaften verschwinden, das Neue, das da erscheint, will von alten Gesellschaftsverträgen, von Generationsbündnissen und vom Sozialstaat nichts mehr wissen. Immer mehr Menschen werden durch das Schrumpfen staatlicher Daseinsfürsorge in zwangsasketische Situationen getrieben. Wolfgang Schäuble hat ja nicht unrecht, wenn er sagt, daß «ein Übermaß an kollektiver Sicherung … unvermeidlich demotivierend» wirkt.[2] Da trifft er sich mit der Kritik, die Ivan Illich in die Worte kleidet: «Der Maschinenmensch kennt nicht die leicht erreichbare Freude, die im gewollten Verzicht liegt; er kennt nicht die durchaus nüchterne Trunkenheit am Leben.»[3] Doch alle Ähnlichkeit hat, wie man sieht,

1 So der amerikanische Wirtschaftswissenschaftler Lester Thurow in einem Interview in: Der Spiegel 40, 1997, S. 146.
2 Wolfgang Schäuble: Gibt es einen Ausweg aus der Wohlstandsfalle?, in: Frankfurter Allgemeine Zeitung vom 26. November 1996.
3 Ivan Illich: Selbstbegrenzung, Reinbek 1975, S. 9 und 40.

schnell ein Ende. Der eine wirbt um Akzeptanz für das *Herunterfahren,* der andere spricht von der Freiheit, die in einer neuen Bescheidenheit liegt.

«Es geht vor allem darum, das System insgesamt auf ein vertretbares Niveau zurückzuführen», sagt Schäuble. Und das zielt eben nicht auf die leicht erreichbare *Freude des Verzichts,* sondern auf ein Programm der Staatsaskese. Die *Anspruchsdynamik,* die da gegeißelt wird, ist aber einhergegangen mit der Zerstörung alter sozialer Netze und subsistenter Fähigkeiten. Ein «Herunterfahren» schneidet deshalb nicht nur dem Versorgungsstaat oben etwas ab wie einer zu hohen Hecke, sondern wirft die Adressaten in eine sozial dramatisch gewandelte Lebenswelt: Jeder zweite Haushalt in einer deutschen Großstadt ist heute ein Singlehaushalt, die Zahl der Eheschließungen ist in vier Jahrzehnten um 40 Prozent zurückgegangen, dafür hat sich die Zahl der Ehescheidungen mehr als verdoppelt.

Die alten sozialen Ressourcen sind aufgebraucht, neue nicht in Sicht.[1] Wolfgang Schäuble behauptet: «Die Menschen brauchen Ziele, weil sie sich sonst nicht vorwärts, sondern im Kreise bewegen ... In einer Gesellschaft ..., die nur noch Besitzstände verteidigt, verkümmert jeder Idealismus, erstarrt Kreativität, wird Gemeinsinn atomisiert.»[2] Schön gesagt: Woher aber sollen die apostrophierten *Ziele* kommen? Wolfgang Schäuble merkt nicht, daß er selbst schon in seinen Formulierungen die Gesellschaft, die er beschwört, beerdigt hat und de facto von einem System redet, dem ein Ziel einzuspeisen sei, damit es funktioniert. Und nicht die Theologen (wie im Mittelalter), nicht die Philosophen (wie in der Aufklärung) oder die Revolu-

1 Zur Problematik des Begriffes Ressourcen vgl. Vandana Shiva: Ressourcen, in: Wolfgang Sachs (Hg.): Wie im Westen so auf Erden, Reinbek 1993, S. 322 ff.
2 A. a. O.

tionäre (wie 1789), sondern die Ministerialbeamten und Verwaltungstechniker sollen offenbar die Systemvorgaben machen. So eine Vorgabe heißt dann heute «Zurückführen». Gesellschaft ist damit zu einem Motor mit sparsamem Spritverbrauch mutiert. Es geht nicht der Weg zurück in traditionelle soziale Netze, sondern in eine von dem zu teuren Versorgungsstaat bereinigte neue Kälte.

## «Hasse mal 'ne Mack?»

Eingefallene Schultern, unrasiert, schlechtriechend. So kommt der junge Mann auf mich zu. Ich warte am Bahnsteig 14, Hamburg-Hauptbahnhof, auf den ICE nach Frankfurt. Entfliehen kann man nicht. Nicht einmal sich abwenden: Das Köfferchen zwischen den Beinen, das Brötchen halb in den Mund geschoben. *Hasse mal 'ne Mack?* Eine Story wird nicht mehr geboten. Der mittelalterliche Bettler erzählte von einer Pilgerfahrt, auf der ihm alles geraubt worden sei, von Ketten und Sklaverei bei den Türken und Heiden. Später näherte sich bettelnde Jugend mit «... habe meine Fahrkarte verloren, muß zu meiner Mutter nach Braunschweig» oder so ähnlich. Der Story pflegte man nicht zu glauben, hatte aber die Möglichkeit, den Einfallsreichtum zu honorieren oder die – für beide – beschämende Situation durch die Fiktion eines akuten Notfalls zu überdecken.

Eine Million Obdachlose werden in der Bundesrepublik gezählt, Tendenz steigend. Die Zahl derer, die vom Tellerrand der Wohlstandsgesellschaft fallen, wächst. Manche springen wohl auch aus eigenem Antrieb.

Es muß heute eine anstrengende Tätigkeit sein, um Almosen zu bitten. Anstrengender als vor dem Anbruch der Neuzeit.

Der mittelalterliche Bettler hatte einen Anspruch auf das Almosen: Schließlich erwarb sich der Feudale nur dann einen Platz im Himmelreich, wenn er den Armen speiste. Der Bettler half so dem Reichen, sich den Zugang zum ewigen Heil zu sichern. Der Bettler war geradezu ein Gottesbote.

Der junge Mann vor mir kann sich nicht auf das bevorstehende Weltgericht – auf den Engel mit der Waage in der Hand – berufen. Allenfalls mit Arbeitslosigkeit oder Aids könnte er argumentieren. Daß dieser junge Mann aber keine Arbeit findet, ist sowieso klar. Zu kaputt. Er lagert natürlich auch nicht auf den Kirchenstufen, die früher ein guter Bettelplatz waren. Nur logisch, daß der junge Mann den heiligen Ort der Mobilität, den Bahnsteig, aufsucht. Das ist die säkularisierte Variante der Treppe, die zur Kathedrale führt.

Das Ekelhafte kehrt in die Öffentlichkeit zurück und ist wohl nur ein Vorgeschmack darauf, was uns noch erwartet. Der Gestank, die Zahnlücke, der triefende Speichel – auf Plätzen und in Einkaufspassagen ist wieder da, was endgültig verschwunden schien. Unter Brücken in Hamburg und München sind Matratzenlager zu besichtigen. Sehr zum Verdruß der Manager und Kunden lagern im wärmenden Eingang von Kaufhäusern menschliche Bündel mit Hund: Decke, Flasche, rotnasiges Schorfgesicht.

Während im Oktober 1996 in der Frankfurter Kaiserstraße maskierte Männer mit Fäusten für die Vertreibung der Penner sorgen, macht gleichzeitig der (inzwischen ehemalige) Hamburger FDP-Landeschef Hans-Joachim Widmann in der *Leipziger Volkszeitung* den Vorschlag, die Einnahmen von Bettlern zu versteuern.[1] «Ich bin dafür, daß die Polizei von den Bettlern die Per-

1 Bericht der Frankfurter Rundschau vom 21. Oktober 1996.

sonalien feststellt und ihnen umgehend ein Steuerbescheid über die hochgerechneten Einkünfte aus Bettelei zugestellt wird.» Die Tageseinkünfte eines Bettlers in Hamburg setzt Widmann mit 200 Mark an. Bettelei habe «in der Regel nichts mit der Romantik des unverschuldet in Not Geratenen zu tun». Da käme man auf ein Gehalt von 6000 bis 8000 DM. Damit gehörten die Bettler aber doch schon fast zur Klientel der FDP («Partei der Besserverdienenden»). Und die werden doch von der FDP eher vor Steuern geschützt. Ein Irrtum also? Ein Versehen?

Die Penner, die Drogensüchtigen, die Obdachlosen: Sie sind Vorboten. Es ist, als würde das polierte, stählerne Gehäuse der Gesellschaft brechen. Und aus den Bruchstellen quellen nun die Unrasierten, die Trinker, die Ausgeflippten hervor. *So was wie Gesellschaft gibt es gar nicht, es gibt nur Individuen,* sagte die englische Premierministerin Thatcher – und es sieht so aus, als wenn sie zwar nicht recht hatte, aber recht bekommen wird. Und der amerikanische Präsident Clinton hat im Vorfeld der Wahlen 1996 (in solchen Zeiten wird eigentlich eher ein heiteres Erfolgsbild gezeichnet) glashart formuliert: Amerikanische Gesellschaft und amerikanische Ökonomie driften auseinander. Schon 1992 hatte Clinton unterstrichen, daß die Reichen reicher und die Armen ärmer würden – und daß die Mittelklasse wegschmelze. 1996 sagt Clinton: Die Ungleichheit nimmt immer noch zu. «Die Einkommen der oberen zwanzig Prozent, ja der oberen fünf Prozent, vor allem des obersten einen Prozentes wachsen viel schneller als die unteren und mittleren Einkommen.»[1]

Ob in Amerika oder in Europa: Man kann den Eindruck gewinnen, daß eine Crash-Testreihe läuft unter dem Motto: *Wann bricht die Gesellschaft auseinander?* Nebenbei bemerkt,

1 The Atlantic Monthly, October 1996, S. 24.

scheinen besonders ehemalige Linke an dieser Testreihe ihre Freude zu haben. Sie haben das Gefühl, aus der feucht-stickigen Wärme des Sozialstaates ausbrechen zu müssen, um einem radikalisierten Konkurrenz- und Leistungsgebaren Tribut zu zollen. Der Krieg interessiert sie mehr als das, was ihnen zum Friedensgelaber geworden ist. Nach zuviel Pazifismus gefällt jetzt die Anzeigenserie, mit der die *Wirtschaftswoche* auf sich aufmerksam macht. Ein blutrotes Schlachtengetümmel, Sterbende im abgeblendeten Hintergrund. Vorn zwei gepanzerte, lanzenbewehrte Reiter und darunter der Satz: *Du sollst begehren deines Nächsten Marktanteil.* Neu ist nicht die Schlacht um Marktanteile, neu ist die extrovertierte, aggressive Freude, mit der das moralische Lendenschürzchen abgerissen wird. Man darf wieder ungeniert draufhauen.

Das ist die Befreiung der Neunziger: raus aus der sozialen Hängematte der siebziger Jahre, rein in die nuller Jahre des kommenden Jahrtausends, die den rüden *global playern* gehören werden. Es scheint, als wenn der zivilisationskritische Stern Rousseaus, der eine kurze Weile geleuchtet hat, verglüht, um einem halbierten Hobbes Platz zu machen, von dem nur das «homo homini lupus» erinnert wird. Leistung muß sich wieder lohnen – darauf sind die Demokratisierungshoffnungen zurückgeschnitten. Vom Wohlfahrtsstaat zum Rattenrennen.

## Die Säulen des Wohlstandstempels wanken

Schauen wir uns die Szenerie der erzwungenen Verzichtkultur an, die mit jedem Tag und jeder Parlamentssitzung weiter ausgreift: 12,3 Prozent der Bundesbürger im Westen werden in der Armutstatistik geführt – das sind etwa zehn Millionen Menschen. 50 Milliarden Mark wurden 1995 für laufende Hilfen zum Lebensunterhalt, für Sozialhilfe an Behinderte, Kranke und Alte ausgegeben. Ein Drittel der Bevölkerung rutschte zwischen 1984 und 1993 zumindest zeitweilig in die Klasse der ärmsten zehn Prozent. Der harte Kern der Sozialhilfeempfänger wird umgeben von einer großen Zahl von Menschen, die so dicht am Rande der Armutsgrenze leben, daß ein kleiner Zwischenfall sie abstürzen lassen kann. Auch Qualifikation schützt nicht vor dem Sturz ins Abseits: Heerscharen von Juristen und Ingenieuren sind arbeitslos.

Besonders gefährdet sind Familien mit Kindern. Fast eine Million Kinder und Jugendliche wuchsen 1993 in Familien auf, die vom Sozialamt abhängig waren. Alleinerziehende sind fast zur Hälfte auf Stütze angewiesen. Und eine neue Gruppe wächst kontinuierlich: die Menschen, die zwar arbeiten, deren Lohn aber so niedrig ist, daß sie Sozialhilfe als Ergänzung beantragen müssen. Immer mehr Menschen werden von den Firmen entlassen und als Honorarkräfte wieder eingestellt – sie müssen dann alle Sozialabgaben selber tragen.[1] Von einer beispiellosen Spaltung zwischen denen, die am wachsenden Wohlstand teilhaben, und denen, die davon ausgeschlossen sind, spricht Friedhelm Hengsbach, der Leiter des Frankfurter Nell-Breuning-Instituts.[2]

Sinkender Lebensstandard heißt zuerst, daß sich viele Menschen plötzlich der Falle bewußt werden, in die sie sich in der Zeit des Massenwohlstands nichtsahnend begeben haben. Auf den Karibikurlaub kann man verzichten: aber die explodierenden Kosten für Krankenversicherung und Abwässer lassen sich

1 Vgl. Ernst-Ulrich Huster: Armut in Europa, Opladen 1996.
2 Die Woche vom 17. Januar 1997.

nicht vermeiden. Der Rückweg in einen bescheidenen Alltag ist verbaut: Wer sich mit einem teuren Haus verschuldet hat, wird die Kosten nur um den Preis hoher Verluste oder gar des Bankrotts mindern können. Und – die Parallele muß sein – wer sich auf zwei Kinder eingelassen hat, ist verwickelt in Folgekosten, die einem Hausbau nicht nachstehen. Auf 400000 Mark wird die «Erstellung» eines gutausgebildeten Mitteleuropäers geschätzt. So können heute schon ein Haus und ein Kind ruinieren. Das Haus wird zwangsläufig teuer durch Bauvorschriften und Abgaben, das Kind wird zwangsläufig teuer durch Ausbildungskosten und das Drumherum. Die Menschen sitzen wie die Maus in der Lebendfalle.

1996 protestieren in Erfurt 7000 Demonstranten gegen die drastisch gestiegenen Kosten für Wasser, Abwasser und Straßenbau. Bei vielen Menschen mit kleinerem Einkommen genügt eine erzwungene Steigerung der Ausgaben um einen Hunderter, um sie in die Sozialämter oder in die Hände von Kredithaien zu treiben. Kredite – so ist im Armutsbericht der Bundesregierung zu lesen – werden zunehmend nicht für Sonderanschaffungen ausgegeben, sondern zur Deckung ordinärer Alltagskosten: Da nähert sich dann die Ökonomie der Kleinfamilie dem verluderten monetären Verhalten der Bundesregierung, die ja auch gewaltige Kredite zu keinem anderen Zweck aufnimmt als zu dem einen, einfache Staatsausgaben zu decken.

Der Lebensstandard sinkt. Eine solche Aussage ist immer ungenau und falsch, wenn man ins Detail geht. Spitzenverdiener und vermögende Personen bemerken den bröckelnden Wohlstand an sich selbst nicht. Im Gegenteil. Sie können nicht nur mehr ausgeben, sondern ihr Luxus glänzt auch mit jedem Tag heller vor dem Hintergrund des grauen Mangels, den andere als ihren Alltag erleben. Absurde Zahlen illustrieren die

Tendenz: 358 Milliardäre sind gemeinsam so reich wie insgesamt 2,5 Milliarden Menschen. So viele Menschen, wie in ein Bierzelt passen – so viele sind es, denen so viel gehört wie der Hälfte der Menschheit.[1]

Und die Prognosen der Konjunkturforscher werden immer monotoner: Erwartet wird ein bescheidenes wirtschaftliches Wachstum bei gleichzeitigem Wachsen der Arbeitslosigkeit: *jobless growth* nennt sich das. Die Deutschen sind in den Zeiten des Wohlstands an die Drogen Geld, Konsum, Sicherheit gewöhnt worden, und nun droht angesichts des Entzugs Panik. Und damit wird die Frage dringlich: Gibt es auch eine andere Antwort auf den bevorstehenden Entzug als Panik? Kann der sinkende Lebensstandard auch in einen Befreiungsschlag umgewandelt werden? Darf man fragen, ob das bevorstehende Gewitter die Luft auch von der stickigen Atmosphäre der Konsumgesellschaft reinigen kann? Kann man sich einen kulturellen Aufbruch vorstellen, bei dem die Menschen die unausweichlichen Einschränkungen als Chance begreifen, sich aus beklemmendem Schrott herauszuwinden?

## Eine Menschheit ohne innere Mannigfaltigkeit?

Manchmal sieht es so aus, als würde eine globale Monokultur alle Mannigfaltigkeit Stück für Stück unter sich begraben. Eine Welt, wohin man auch fährt: übersät mit Kühltürmen und Parkplätzen, Agrarfabriken und Riesenstädten.[2] Eine Welt, in

1 Hans-Peter Martin/Harald Schumann: Die Globalisierungsfalle, Reinbek 1996, S. 40.

2 Ivan Illich: Bedürfnisse, in: Wolfgang Sachs (Hg.): Wie im Westen so auf Erden, Reinbek 1993, S. 47.

der angloamerikanischer Uniquack[1], die Sprache der Internetsurfer und der Piloten, der Uno-Beamten und der Wissenschaftler alle anderen Sprachen zugedeckt hat. Von den 5100 Sprachen, die heute noch gesprochen werden, sind nur ein Prozent in Europa beheimatet, aber sie beanspruchen ein kulturelles Monopol. Allein in Indien werden heute noch 1682 Sprachen gezählt.[2] Aber diese Sprachen verschwinden ebenso wie die vielen tierischen und pflanzlichen Arten, die täglich, ja stündlich dem Wüten des Homo oeconomicus zum Opfer fallen. Das Verschwinden der Sprachen geht einher mit dem Verschwinden kultureller Kontinente. Die Uniformierung der Welt vollzieht sich im Gesetz des Marktes und im Takt der Uhren, im Wirken von Landwirtschaftsexperten und Krankenschwestern, unter dem medialen Sprühregen von Satellitenschüsseln, die mit Werbespots und Soap-opera den euro-amerikanischen Lebensstil in fremde Kulturen einarbeiten.[3] Alles fällt unter das Diktat dieser letzten Weltreligion, deren Credo der freie Markt, deren Hohepriester die Ökonomen und deren Gläubige die Kunden sind. Eine Vereinigung der Pfützen, Teiche, Seen und Meere von dörflichen, provinziellen, regionalen und nationalen Wirtschaften zu einem einzigen globalen Wirtschaftsozean.[4]

In Asien ist der Sender *Star TV* lokalisiert, der von Hongkong aus vier Zeitzonen bestrahlt und so die Hälfte der Erdbewohner erreichen kann. *Star TV* konzentriert sich auf drei Programme: Sport auf dem einen, Popmusik auf dem anderen und Gangsterfilme auf dem dritten Kanal. Gelöst von bestimmten

1 Vgl. Uwe Pörksen: Plastikwörter. Die Sprache einer internationalen Diktatur, Stuttgart 1988.

2 Wolfgang Sachs: Die eine Welt, in: W. Sachs, a. a. O., S. 429.

3 Ebd., S. 430.

4 Edward Luttwak, zit. in Martin / Schumann, a. a. O., S. 37.

Orten und Lokalitäten ergießt sich die mediale Dauerberieselung über potentiell 2,8 Milliarden Menschen.[1]

Die alten Kolonialherren haben in den tropischen Ländern Löcher zurückgelassen, die ihre Minentätigkeit in die Erde geschlagen hat. Heute brennt das mediale Trommelfeuer Löcher in die Kulturen, so daß sie schließlich zerfallen. Würde die Menschheit heute über einen Weltlebensstil abstimmen, so gäbe es eine überwältigende Mehrheit für ein Mittelstandsdasein in einem Vorort von San Francisco. Eine gut informierte Minderheit würde sich die sozialen Standards der Bundesrepublik (vor dem Mauerfall) dazuwünschen.[2] Dies zu erreichen ist aber nicht möglich, wie jeder wissen kann: Dafür brauchten wir, was Ressourcen und Müll betrifft, mindestens fünf Planeten. Vorläufig haben wir aber nur einen.

Der Ölteppich globaler Monokultur hat also nicht nur das Äußere des blauen Planeten uniformiert; auch die Menschen weisen ein globalisiertes Verhaltensrepertoire auf. Auf eine schon verdächtige Weise verstehen sie sich: Über den Verbrauch von Cola und Megabytes sind sie ebenso einig, wie sie milliardenweise korrupten Sportereignissen zuschauen, sich darauf geeinigt haben, welches die schönsten Limousinen und was «Nachrichten» sind. (Früher einmal war der «Nachrichter» übrigens der Henker.)

Was uns heute bedroht, so meint der Ethnologe Lévi-Strauss, ist der Verlust der Originalität. Die Menschen werden zu Konsumenten, die alles von jedem Fleck der Erde und aus jeder Kultur konsumieren können, aber damit jede Originalität

1 Vgl. Ingomar Hauchler (Hg.): Globale Trends 1996, Frankfurt/M. 1995, S. 452.

2 Hans-Peter Martin / Harald Schumann: Die Globalisierungsfalle, Reinbek 1996, S. 27.

verlieren: «Wir können uns heute leicht eine Zeit vorstellen, in der es nur noch eine Kultur und eine Zivilisation auf der ganzen Erde geben wird», meint Lévi-Strauss. Aber er fügt hinzu: «Ich kann mir ... nicht vorstellen, wie die Menschheit ohne innere Mannigfaltigkeit wirklich leben könnte.»[1]

Die Waren des universalen Marktes formen die Gesellschaft nach ihrem Bilde. Die *Inthronisierung der Ware* und der ihr auf dem Fuße folgende *Glanz der Zerstreuung*, von dem Walter Benjamin spricht, verstellt den Horizont, den nur noch der Asket durchbrechen kann: Die Menschheit ist zur *Kundschaft* geworden.

Direkte ökonomische oder politische Herrschaft scheint sich zu erübrigen, wenn alle freiwillig zu mehr oder weniger potenten Kunden geworden sind. Das Gehäuse der Hörigkeit wird zu einer undurchdringlichen Gummizelle, in der, wie Max Weber gesagt hat, «dereinst die Menschen sich, wie die Fellachen im altägyptischen Staat, ohnmächtig zu fügen gezwungen sein werden ... Die äußere Struktur bürokratischer Herrschaft schlägt aufs Innere der psychischen und kulturellen Organisation zurück.»[2]

## Oder eine asketische Weltgesellschaft?

Herff Applewhite hat im April 1997 38 Mitglieder seiner Heaven's-Gate-Sekte zum Selbstmord veranlaßt. Einen Giftpudding mit Wodkageschmack hatten alle gegessen, sich dann auf ihre Betten gelegt. Jeder hatte im Tod eine Sporttasche mit

1 Claude Lévi-Strauss: Mythos und Bedeutung, Frankfurt/M. 1980, S. 32f.
2 Zit. Jacob Taubes: Vom Kult zur Kultur, München 1996, S. 293.

Kleidung neben sich, ein spiralgeheftetes Notizheft, Lippenbalsam und eine Fünf-Dollar-Note. Sie trugen schwarze Hosen, schwarze Nike-Sportschuhe (*Just do it!*), ein violettes dreieckiges Tuch war über den Kopf gezogen. Es war der größte Massenselbstmord in der Geschichte Amerikas. Die Mitglieder glaubten an Ufos, betrachteten das Erscheinen des Hale-Bopp-Kometen als apokalyptisches Zeichen. Die Untersuchung der Toten ergab, daß ein halbes Dutzend der Männer kastriert waren. Herff Applewhite hatte gepredigt, daß es gelte, irdische Begierden abzulegen, um sich für das jenseitige Königreich bereitzuhalten. Ihre Körper seien nur «container», die es zu verlassen gelte.

Die Sektenmitglieder hatten dem Internet entnommen, daß dem Hale-Bopp-Kometen ein Ufo folge, das die Heaven's-Gate-Anhänger in ihre Welt mitnehmen werde[1] – eine bemerkenswerte Mischung aus gnostisch-asketischen Traditionen (Kastration, der Leib als Gefängnis der Seele) mit der Internetkompetenz und einer krausen Ufo-Gläubigkeit. Das Bündnis von Technophilie und religiösem Wahn dürfte uns in Zukunft noch oft begegnen. Die nicht mehr ertragene Perfektion, Hoffnungslosigkeit und Kälte bohrt sich da durch das Internet direkt in den Wahnsinn. Man kann eine eigentümliche Nähe zwischen dem erwähnten Lagerfeldschen Modekloster und den kastrierten Internetsurfern von Heaven's Gate vermuten: Rückgriffe auf asketische Traditionen, die modisch oder tödlich enden, die aber dennoch auch verzweifelte Signale des metaphysisch obdachlos gewordenen Menschen sind.

Es ist verstörend, wie in der abstrusen Mixtur von Heaven's Gate uralte religiöse Motive in zeitgemäßer elektronischer Ver-

1 Vgl. u. a. den Bericht in: Newsweek vom 7. April 1997.

packung wieder auftauchen. Das erinnert daran, daß sich die Sehnsucht nach Befreiung, nach dem total anderen, wie ein roter Faden durch die Geschichte zieht: Je hermetischer Kulturen zu sein scheinen, desto radikaler der Ausbruch. Das haben nicht zuletzt die großen häretischen Bewegungen in der katholischen Kirche gezeigt. Die Bogomilen, die Albigenser, die Täufer: Immer wieder bricht in die scholastische Religiosität die gefährliche Erinnerung daran ein, daß die irdischen Sicherheiten die falschen Sicherheiten sind.

Alle großen Religionen schwören ja im Kern materiellem Reichtum und dem Fortschrittsgedanken zugunsten geistiger Werte ab. Die Verfestigung, die dann Theologie, religiöse Experten und Verbrüderung mit dem Staat bringen, drängen die geistig-asketischen Werte allerdings in den Hintergrund.

Bruce Chatwin vermutet wohl zu Recht, daß in den großen Religionen auf die religiösen Erfahrungen der frühen Jäger und Hirten zurückgegriffen wird, auf ein Gefüge religiöser Traditionen, das als Schamanismus bekannt ist. (Im Christentum in der vielfachen Hirtenrhetorik – der Herr ist mein Hirte! – erkennbar). «Der Schamane ist der religiöse Urmystiker, androgyn und ekstatisch.»[1] Unfraglich besteht ein enger Zusammenhang zwischen asketischen Traditionen und nomadischem Lebensstil, der ja notwendigerweise eine Urdistanz zum Besitz hat: Ein Geschenk zu erhalten ist bei den Aborigenes nur dann von Interesse, wenn man es weiterverschenkt. «Gibt man einem Aborigine eine Hose, so wird sie rasch durch zwanzig verschiedene Hände gehen und am Ende einen Baum zieren.»[2]

Während in den großen Religionen die nomadisch-asketi-

1 Bruce Chatwin: Der Traum des Ruhelosen, München 1996, S. 106.
2 Ebd., S. 102.

schen Traditionen also einerseits überleben, setzte sich mit der Seßhaftenkultur andererseits eine Fixierung auf Besitz durch. Die Geschichte der Industrialisierung hat dann die letzten Reste der nomadischen Kulturen vernichtet. Der Mensch der Frühzeit hat von der Existenz lebloser, neutraler Dinge eigentlich nichts gewußt – erst die Seßhaften haben eine Vergötzung der Dinge betrieben. Die Bruchlinie zwischen der nomadischen und seßhaften Sicht wird – zum Beispiel – in der Geschichte von der Anbetung des Goldenen Kalbs verdeutlicht. Moses kommt mit den Gesetzestafeln vom Wüstenberg Sinai und muß das Volk Israel im Tanz um das Goldene Kalb sehen. Der Besitz und die Vergötzung des Besitzes haben die Wüstenwanderer ergriffen. Die kommende Konkurrenz zwischen der asketischen Gesellschaft der Nomaden und der besitzorientierten Gesellschaft der Seßhaften, zwischen der spirituellen Religion der Wanderer (Jahwe, der als Wolkensäule vorwegzieht) und der dingfixierten Religion der Tempel- und Kathedralenbauer, wird blitzartig sichtbar.[1] Diese Auseinandersetzung zwischen einer ekstatisch-asketischen und einer diesseitig-verdinglichten Religiosität zieht sich bis in die Gegenwart: Da gibt es die religiöse Bewegung der *Shaker*, die sich aus der Existenz schütteln, und der *Mormonen*, die die Präsidentschaft anstreben.[2] Schamanen, Ekstatiker und Asketen repräsentieren die eine religiöse Tradition, Tempelpriester, Bischöfe und amerikanische Fernsehprediger die andere.

Man kann die Vernichtung nomadischer Ding-Ignoranz

1 Wahrscheinlich besteht die asketische Bemühung, die z. B. in dem Bau romanischer Kirchen erkennbar ist, gerade in diesem dramatischen Versuch, das Gestein zu vergeistigen, zu spiritualisieren. Die gotische Kathedrale will ja dann nichts anderes sein als die gestaltete Form, in der das göttliche Licht sichtbar wird.

2 Bruce Chatwin, a. a. O., S. 107.

durch die Dinglawine der Seßhaften auch an einem gewichtigen anderen Aspekt noch vergegenwärtigen. Einfache Gesellschaften haben immer einen Unterschied zwischen männlichem und weiblichem Besitz gemacht. In der Sprache der San, der afrikanischen Buschleute, zum Beispiel, bedeutet dasselbe Wort im Munde eines Mannes den Bogen des Jägers, im Munde der Frau die Hacke der Sammlerin. Herstellung und Gebrauch der wenigen Dinge, die Nomaden haben, sind streng geschlechtsspezifisch zugeordnet. Erst das 20. Jahrhundert hat diesen Unterschied beseitigt.[1] Jeder hat nun prinzipiell Zugang zu allem.

Der neue Nomadismus, den die Menschen heute erleben – als Touristen, Geschäftsleute, Wanderarbeiter, Aussteiger etc., zusammen mit dem Phänomen, daß die Dinge unwichtig werden[2] –, hält die Erinnerung an asketische Gesellschaften und vielleicht an ekstatische Religiosität nur mühsam wach. Vielleicht ist mehr Zukunft in der Geschichte der gelassenen Todas als in der gespannten Beobachtung der New Yorker Börse.

Zu den südindischen Todas gehören heute noch etwa 1000 Menschen. Die Todas töten keine Tiere, tragen aus Respekt vor dem Gras keine Schuhe, treiben keinen Ackerbau, um das Fell der Erde nicht zu verletzen, und fürchten den Tod nicht. Denn die Toten leben im Tal der Todas weiter. Die Männer schlagen Butter aus Büffelmilch, die Frauen sammeln Honig im Wald. «In zehn Jahren wird es uns vielleicht nicht mehr geben», meint eine der Frauen der Todas. So wird es wohl sein. Clemens Kuby, der einen Film über die Todas gedreht hat, meint, daß sein Film keine Geschichte aus der Vergangenheit erzählt, sondern einen

1 Vgl. Bruce Chatwin, a. a. O., S. 228. Und: Ivan Illich: Genus. Zu einer historischen Kritik der Gleichheit, Reinbek 1983.
2 Vgl. den Abschnitt *Vom Welken der Dinge.*

Weg in die Zukunft weist. «Wir haben das Industriezeitalter verlassen und befinden uns auf dem Weg ins Bewußtseinszeitalter. Und dann wird es nicht mehr um Wirtschaft und um Geldverdienen gehen.»[1]

«Die Armen sind verstoßen und die Reichen sind ans Steuer geschnallt.»[2] Ivan Illich hat die Bedingungen und Umrisse einer zukünftigen asketischen Weltgesellschaft unter dem Begriff *Selbstbegrenzung* beschrieben. Daß eine verordnete Begrenzung keine Alternative zur Wachstumsgesellschaft ist, hebt Illich ausdrücklich hervor.[3] «Viele Menschen wissen heute schon undeutlich, worauf verzichtet werden sollte, aber für die Durchsetzung der Forderung nach Selbstbegrenzung ist uns die Sprache von den professionellen Zünften schon teilweise entrissen. Die Wiederbelebung der Alltagssprache ist ein erster Angelpunkt für eine politische Umkehr. Nur über Sprache werden die Menschen sich zu Alternativen zusammenfinden.»[4]

Heute, nach dem Zusammenbruch des Realsozialismus, scheint auf dem Markt und in den Köpfen nur noch die Handelsgesellschaft Platz zu haben. Aber wer sagt, daß in den nächsten Generationen nicht eine Mutation möglich ist, ein

1 Film von Clemens Kuby: Todas – Am Rande des Paradieses, 1996. Rezensiert in: Süddeutsche Zeitung vom 12. November 1996.

2 Ivan Illich: Selbstbegrenzung, Reinbek 1975, S. 39. Es ist bemerkenswert, von welcher Frische und Weitsicht dieses Werk ist, auch zwei Jahrzehnte nach seinem ersten Erscheinen. Vgl. die neue Gesamtausgabe der Werke von Ivan Illich im Beck Verlag, München.

3 Die Diskussion um einen zentralisierten Verteilungsstaat, der die Wachstumskrise in den Griff bekommen soll, haben vor Jahren schon Herbert Gruhl und Wolfgang Harich geführt. Vgl. dazu: H.-E. Bahr/Reimer Gronemeyer (Hg.): Anders leben – überleben, Frankfurt/M. 1977. Vgl. auch Herrad Schenk: Vom einfachen Leben. Glücksuche zwischen Askese und Überfluß, München 1997.

4 Illich, a.a.O., S. 183.

Gedankensprung, der die Alleinherrschaft der Marktgesellschaft überwindet? Wer sagt, daß Aufsichtsräte und Börsenkurse das letzte Wort haben müssen?[1] Wenn eine solche Mutation in die Hände neuer Askese-Experten geraten würde, dann wäre sie freilich schon wieder ausgeliefert an verwaltende Eliten. Carl Friedrich von Weizsäcker, der über eine asketische Weltkultur nachdenkt, ist auf diesem – wie es scheint – verhängnisvollen Weg. Er fragt, wie man eine aristokratische Askese *das Volk durchdringen lassen* kann.[2] Damit wird Askese zur volkspädagogischen Aufgabe: Odysseus schickt die Galeerensklaven in die Volkshochschule. «Es ist eine der asketischen Grunderfahrungen, daß gerade die Arbeit des Individuums an sich selbst, unbewußt ausstrahlend, die Gesellschaft verändert. Diese Arbeit aber leisten heute wohl nur diejenigen Individuen, die getroffen sind vom Blitzstrahl des Bewußtseins ihrer Mitverantwortung für die reale Welt – also gerade nicht die Weltflüchtigen.»[3] Eine neue asketische Haltung würde sich aber gerade nicht *der Arbeit des Individuums an sich selbst* verdanken. Weil darin nur das alte protestantische Prinzip der Selbstunterdrückung Platz greifen würde: Es ginge statt dessen um den entschlossenen, heiteren Aufbruch aus versteinerten Verhältnissen, um Haltungen, nicht um Selbstzwang.[4]

Der Bildungssektor, der Gesundheitsapparat und die Verkehrsorganisation sind Beispiele, an denen Illich deutlich macht, daß die Menschen radikalen Monopolen ausgeliefert

1 Vgl. dazu auch Robert Kurz: Der Kollaps der Modernisierung, Frankfurt/M. 1991, und Horst Kurnitzky: Der heilige Markt, Frankfurt/M. 1994.

2 Carl Friedrich von Weizsäcker: Gehen wir einer asketischen Weltkultur entgegen?, in: Merkur 8, 1978, S. 755 ff.

3 Ebd.

4 Zur Geschichte der Selbstunterdrückung vgl. auch Norbert Elias: Über den Prozeß der Zivilisation, Frankfurt/M. 1977.

sind, denen sich zu entziehen der erste Schritt in eine Kultur des Verzichtes wäre, die nichts Verklemmtes hätte, sondern die Bildung als etwas wiederentdeckte, das nicht in der Verteilung von Diplomen gipfelt, die eine Medizin desavouiert, deren krankmachende Bedeutung heute deutlich wird, die einer Mobilität Absagen erteilt, die das Angesicht der Erde zerstört und doch nur kostspielige Staus entstehen läßt. Der Zwangsversorgung mit Bildung und Gesundheit verweigert sich der Asket. Und das wäre heute ein Akt, der vermutlich mehr Mut und Aufbruchsbereitschaft fordert, als der Gang des frühchristlichen Asketen in die Wüste. Der Asket begegnet heute der Aufforderung, sich mit Sicherheit, Gesundheit, Bildung und Mobilität versorgen zu lassen, kühn mit einem freundlich-entschiedenen *Nein, danke!* Er stellt sich nicht unter die angebotenen Sicherheits- und Wissensduschen.

Der neue Asket ist vor allem *nüchtern*: «Die nüchterne Zurückhaltung hat nichts mit Isolation, Rückzug auf sich selbst oder gar Phantasielosigkeit zu tun. Für Aristoteles wie für Thomas von Aquin ist sie es, die die Freundschaft begründet. Wo er über das geordnete und schöpferische Spiel spricht, definiert Thomas die Nüchternheit als eine Tugend, welche nicht jeglichen Genuß ausschließt, sondern nur den, der die persönliche Beziehung verdrängt oder verdirbt. Diese Nüchternheit ist Teil einer viel zarteren Tugend, die über sie hinausgeht und sie einbegreift: Dies ist die Freude (jucunditas), die Eutrapelia, die Freundschaft.»[1]

1 Ivan Illich, a. a. O., S. 15.

# Fünfter Abschnitt: Von der Vergletscherung der Seele

*Nichts muß daher in höherem Maße*
*gewährleistet werden, als daß wir nicht wie*
*das Vieh der Herde der Vorausziehenden*
*folgen und unseren Weg nicht dorthin nehmen,*
*wohin man gehen muß, sondern wohin man geht …*
*Daher rührt diese riesige Anhäufung*
*übereinanderstürzender Menschen …*
*Niemand geht nur für sich in die Irre,*
*sondern jeder ist auch Grund und*
*Urheber fremden Irrtums; denn es bringt*
*Schaden, sich den Vorausgehenden*
*anzuschließen … Am Beispiel anderer gehen*
*wir zugrunde: Wir werden geheilt werden,*
*wenn wir uns nur von der Masse absondern.*

Seneca

# Der Vereinzelte

*Wer keinen Charakter hat,*
*muß sich eine Methode*
*zulegen.*

Albert Camus

Ursprünglich hat es drei Geschlechter gegeben, ein männliches, ein weibliches und ein Zwittergeschlecht – das erzählt der Komödiendichter Aristophanes bei seinem Auftritt in Platos *Symposion*. Dieses Gastmahl ist nicht nur ein brillantes Gespräch, sondern auch ein exzessives Trinkgelage, das erst endet, als schon die Hähne krähen und die Teilnehmer betrunken und schlummernd neben den Tischen liegen; bis auf Agathon, Aristophanes und Sokrates, die immer noch den Becher rechtsherum kreisen lassen. Offenbar ist Sokrates in dieser Schlußphase der einzige, der noch der Rede mächtig ist.

Aristophanes wollte – schon früher am Abend – seine Theorie über die drei Geschlechter entfalten, mußte aber zunächst wegen eines Schluckaufs das Wort an Eryximachos weitergeben. Nach kräftigem Niesen kann er dann doch loslegen: Alle drei Geschlechter hatten eine andere Gestalt, sie waren rund, so daß Brust und Rücken einen Kreis bildeten. Vier Hände hatte jedes und vier Schenkel, zwei Angesichter auf einem kreisrunden Hals, einen gemeinschaftlichen Kopf für die zwei Gesichter, vier Ohren und zweifache Schamteile. Diese Wesen konnten sich auf ihren acht Extremitäten radschlagend vorwärts bewegen. Sie waren kreisförmig, weil sie ihren Erzeugern ähnelten: die männlichen der Sonne, die weiblichen der Erde, die Zwitter dem Mond. Als sie sich anschickten, die Götter anzugreifen, zerschnitt Zeus sie in zwei Teile, und Apoll erhielt von Zeus den Auftrag, den Menschen das Gesicht zum Schnitt hinzudrehen, damit sie diesen Schnitt immer sehen müßten und deshalb fortan sittsamer würden. «Jeder von uns ist also ein Stück von einem Menschen, da wir ja zerschnitten, wie die Schollen, aus einem zwei geworden sind.» Diejenigen nun, die aus einem Mannweib, einem Zwitter, geschnitten sind, leben und lieben heterosexuell, die aus einer ganzen Frau oder einem ganzen Mann geschnitten sind, lieben – gleichgeschlechtlich – jeweils Männer oder Frauen.[1]

## Der Abwehrkampf der Asketen: Von Mönchen und Singles

Die Erzählung des Aristophanes erklärt nicht nur heterosexuelle und homosexuelle Optionen, sondern behauptet ja recht eigentlich, daß der Mensch als Einzelwesen ein Krüppel ist, daß die unheilbare Sehnsucht des Menschen seinem Alter ego gilt. Es ist interessant, daß die Ethnologie viele Beispiele für den Zwillingsschrecken kennt: Besonders im südlichen Afrika galt die Geburt von Zwillingen als Katastrophe, einer der beiden wurde sogleich getötet, weil da jemand sein himmlisches Alter ego mit auf die Erde gezogen hatte.[2] Die afrikanische und die griechische Tradition ähneln sich darin, daß sie beide die gegenwärtige irdische Existenz des Menschen für halbiert ansehen.

1 Plato: Symposion 189 d–190 d.
2 Herbert Aschwanden: Symbols of Life, Gweru 1982.

Asketische Traditionen dagegen dienen (fast) immer der Apotheose des einzelnen. Es geht in der Askese um ein Kontra gegen das Aristophanes-Gefühl. Ja, man kann vielleicht die Geschichte der christlichen Askese gerade als den unablässig-verzweifelten Kampf gegen die Sehnsucht nach dem anderen lesen. Als wenn die Narben der Schnittstelle, von der Aristophanes erzählt, immer wieder aufzubrechen drohen. Als wenn die Asketen versuchten, diesen Aufstand der Erinnerung mit aller Macht niederzuschlagen – und so gewissermaßen mit ihrem Kampf doch wieder dem Aristophanes recht geben. Askese erschöpft sich – so gesehen – in dem leidenschaftlichen Versuch, sich von der Vereinigungssehnsucht abzuschneiden und der heroischen Einsamkeit zu huldigen.

Diese Anstrengung erhält ihre eigene Würde dadurch, daß die Asketen Wiedervereinigung nicht mit dem männlichen oder weiblichen Pendant suchten, sondern auf die Verschmelzung mit dem Göttlichen ihre Konzentration richteten. Aristophanes erzählt einen Mythos von der ursprünglichen Zerteilung der Menschen, die christlichen Asketen dagegen folgen der gnostischen Spekulation, wonach die im Grab des Fleisches gefesselte Seele nach der Vereinigung mit dem ewigen Geist (dem *pneuma*) strebt. Die alten Asketen glauben nicht, daß sie ihr leibliches Pendant verloren haben, sondern sie rangen um die Befreiung aus dem Gefängnis der Materie, sie rangen um eine geistliche Reunion.

Das kann Verdacht wecken. Sind die Asketen die Vorfahren und Anstifter jener abendländischen Leibfeindlichkeit, die sich immer schon bemühte, den soldatischen Menschen zu schnitzen[1], der sich in panischer Angst vor Selbstauflösung in einem

1 Beschrieben hat ihn Klaus Theweleit: Männerphantasien, Basel 1986.

stählernen Charakterpanzer verbunkert hat? Die Geschichte der Askese könnte dann als die Vorbereitung jenes langwierigen Kultur- und Zivilisationsprozesses gesehen werden, *der mit Feuer und Martern und Blutopfern*[1] das männliche Ich schmiedet, das im Soldaten der Weltkriege so schauerlich effektiv wird und im SS-Offizier seine apokalyptische Engführung erlebt.

«Das zum Ideal erhobene männliche Prinzip der heroischen Einsamkeit, der festen Grenzen, hinter denen sich das Individuum verbarrikadiert, trägt in sich schon die Gefahr des Wahnsinns, weil es einer körperlich-sinnlichen Zurückweisung der Realität entspricht.»[2] Dieses asketisch-soldatische Individuum muß – so behauptet Nitzschke – schließlich zerplatzen, es erreicht «im Zerfall des Individuums ... (seinen) seit jeher erstrebten Endpunkt»[3]. Aufgeblasene Realitätsverleugnung: Das Erbe der vor allem männlich dominierten Askesehistorie läßt das Individuum abheben wie einen Ballon – bis es in tausend Stücke zerfallen und zerstoben auf die Erde zurückregnet.

Als hätte Aristophanes diese Gefahr erkannt, findet seine Erzählung noch eine Fortsetzung, in der dieser Zerfall vorbeugend beschrieben wird: Zeus droht den Menschen an, sie noch einmal in der Mitte durchzuschneiden, wenn sie sich nicht benehmen, so daß sie sich dann wie ein Brummkreisel auf einem Bein um sich selber drehen müssen. Es scheint manchmal, als wäre dieser zweite Schnitt inzwischen erfolgt. Als wären bei Aristophanes schon die beiden typischen Bewohner des 20. Jahrhunderts beschrieben: Während die erste Hälfte des Jahrhunderts vor allem vom soldatischen Menschen dominiert

1 Bernd Nitzschke: Männerängste, Männerwünsche, München 1980, S. 30.
2 Ebd., S. 27.
3 Ebd., S. 28.

wird, macht sich in der zweiten Hälfte der egomane Konsument, der hedonistische Single breit. Und beide wären sie Nachkommen der Asketen – indem sie bestimmte Züge von Askese vereinseitigen und totalisieren.

Natürlich ist es kurzschlüssig, einfach einen Bogen von der christlichen Askese zum soldatischen oder egomanen Bewohner des 20. Jahrhunderts zu schlagen. Aber Zusammenhänge gibt es eben doch. In dem Augenblick, in dem der Askese das leidenschaftliche religiöse Ziel verlorengeht, schnürt sich das durch Askese zusammengehaltene Bündel auf und setzt eine Reihe sinnlos gewordener Strebungen frei: Nun kann sich aus der Askese Falsches verselbständigen und zu schierer sadomasochistischer Leibfeindlichkeit werden oder zur brummkreiseligen Egomanie. Möglicherweise hat auch die alte Askese in sich sadomasochistische Züge oder narzißtische Verirrungen eingeschlossen. Aber wenn der Askese der religiös-transzendentale Bezug weggerissen wird, dann bekommen die Perversitäten freie Verfügungsgewalt über den (Pseudo-)Asketen.

## Bildsäule oder Schwamm

So gesehen setzt die religiöse Entkernung der Askese den soldatischen Menschen als ihr Kind und den egomanen Selbstverwirklicher als ihren Enkel aus sich heraus. Auf eine heimliche Weise ist der der Welt entsagende Asket mit der modernen Monade verwandt, die in kontinuierlichen Akten des Konsums nur noch sich selbst feiert: eineiige Zwillinge sind sie. Unübertreffbar schön und angemessen dialektisch verschlungen hat das Theodor W. Adorno beschrieben: «Die objektive Auflösung der Gesellschaft kommt subjektiv daran zutage, daß der erotische

Trieb zu schwach ward, um die sich selbst erhaltenden Monaden zu verbinden, so als ob die Menschheit die physikalische Theorie vom explodierenden Weltall imitierte. Der frigiden Unerreichbarkeit des geliebten Wesens, mittlerweile eine anerkannte Institution der Massenkultur, antwortet das ‹unstillbare Verlangen› des Liebenden ... Sexualität, um derentwillen angeblich doch das ganze Getriebe sich erhält, ist zu dem Wahn geworden, der früher in der Versagung bestand.»[1]

Der entsagende Asket und die sich verzehrende Monade sind also zwei Varianten der gleichen Strebung. Zwei Ketzergeschichten, die als Zerfallsprodukte der christlichen Askese entsteigen. Nachdem das göttliche Gegenüber, dem die Askese galt, verschwunden ist, setzt sie sich als sadistische Zwangshandlung (zum Beispiel im Faschismus) oder als psychosoziale Bulimie (im zeitgenössischen Hedonismus) fort.

Die Menschen betreten heute eine Lebenswelt, in der alle traditionellen biographischen Muster zerstört sind. Die Kräfte, die bisher Biographien geformt haben (den autoritären Vater, die treusorgende Mutter), haben abgedankt. Man möchte sie ja auch nicht wiederkehren sehen, obwohl sie von amerikanischen Filmemachern (*family values*) und schwäbischen Bundespolitikern (*die Familie ist aktiver Verfassungsschutz*[2]) propagiert werden.

*Draußen in den schicken Vororten liest der gute alte Papa seine Sportnachrichten vor seinem Panoramafenster, hat die Schuhe ausgezogen, hält sich für Oberklasse, weil er eine Garage für drei Wagen hat. Mama sitzt an ihrem Edelkitsch-Frisiertisch*

1 Theodor W. Adorno: Minima Moralia, Frankfurt/M. 1969, S. 221 f.
2 Wolfgang Schäuble: Und der Zukunft zugewandt, Berlin 1994.

*und versucht, die Säcke unter den Augen wegzumachen. Und der Junge hängt pausenlos am Telefon und telefoniert mit einem Schulmädchen nach dem anderen, die alle Pidgin-Englisch reden und Kondome in den Handtaschen haben.*[1]

Raymond Chandler, Amerika 1949. Von der soldatischen Bildsäule hat der Übergang zum schwammartigen Mittelklassekonsumenten stattgefunden. Schreibt man die Szene fort, dann sind alle daran Beteiligten inzwischen von ihren Sitzen aufgesprungen und bereit, aus dem Haus zu stürzen, weil sie fürchten, in der Enge familialer Gewohnheiten das wahre Leben zu versäumen. Wenn sie sich aber aufmachen, dann werden sie doch nur wieder vor einer anderen Schrankwand in einem anderen Wohnzimmer landen, mit Beziehungsproblemen, die – wie beim Scrabble – aus einer begrenzten Zahl von Elementen doch nur das immer gleiche Elend reproduzieren.

Schaut man auf das 20. Jahrhundert zurück, dann scheint es, als wenn es die Wahl zwischen zwei Entwürfen des Individuums gegeben hat: Man konnte sich als Bildsäule entwerfen, versteinern also – wie es der soldatische Mann paradigmatisch tat –, oder man konnte zum Schwamm werden – das scheint vor allem den Frauen zugedacht gewesen zu sein, die Bedürfnisse und Forderungen des Mannes wie ein Schwamm zu absorbieren hatten.[2]

1 Raymond Chandler, Die kleine Schwester, Zürich 1957, S. 210 f.
2 Vgl. Nitzschke, a. a. O.

## Askese: Alles Käse

Rabbi Mendel von Kozk sprach einmal zur versammelten Gemeinde: «Was verlange ich denn von euch! Drei Dinge nur: aus sich nicht herausschielen, in den anderen nicht hineinschielen, und sich nicht meinen.» Jeder soll, im Leben mit sich selbst und im Leben mit der Welt, sich hüten, auf sich abzuzielen. So kommentiert Martin Buber die Worte des Rabbi Mendel von Kozk.[1]

Das Ende der Askese, die ja immer über den Menschen auf Größeres hinausgewiesen hat, das Ende der (religiösen) Askese also verweist den Menschen gerade auf sich selbst, und er fühlt sich zur Suche nach Selbsterlösung gezwungen. Askese ist nur denkbar als Muskeltraining für den schlaffen Körper und als selbstverliebte Bearbeitung der Seele (bzw. dessen, was davon noch übrig ist). Der Formel-1-Rennfahrer Jacques Villeneuve, dem die Rennen nicht riskant genug sind, der zwischen dem Geschwindigkeitsrausch auf der Skipiste und der Asphaltspur wechselt, formuliert sein Credo: «Jeder soll seine Persönlichkeit ausdrücken, jeder soll einfach er selbst sein.»[2] Da liegt die Verwechslung von Persönlichkeit und Eiterbeule nahe: beide wollen ausgedrückt werden.

«Selbstverwirklichung» wird zur verzweifelten Parole des von allen guten Geistern verlassenen Menschen. Woher denn Persönlichkeit komme und wie sie vielleicht zu vervollkommnen wäre, wird gar nicht erst gefragt. Hauptsache, man drückt sich aus. Das entspricht einem Existentialismus in Filzpantoffeln: Man möchte sich mit sich selbst zur Deckung bringen (was immer das heißen mag!). Richtiges Tun reduziert sich darauf,

1 Martin Buber: Der Weg des Menschen nach der chassidischen Lehre, Heidelberg 1977, S. 41 f.

2 Zit. in: Der Spiegel 22, 1997.

daß man so handelt, wie man ohnehin ist. Wenn man nur irgendwie mit sich selbst identisch ist, dann – so wird geraunt – führe man schon das richtige Leben.[1] An die Stelle Gottes tritt der Glaube an eine Naturwüchsigkeit des Menschen, die schon irgendwie das Richtige sein werde.

Kultur entsteht aber eben nicht daraus, daß man der unmittelbaren Naturwüchsigkeit des Menschen folgt.[2] Der zeitgemäße Filzpantoffel-Existentialismus macht trübste Esoterik zum Paten und theoriefeindliches Joiner-Gebrabbel zur Richtschnur des Handelns. Mit dem Satz: *Das ist mir alles zu theoretisch,* wird der Gedanke niedergehalten. Die Leute hören – statt zu denken – in sich hinein und müssen feststellen, daß es da hohl klingt. Die Selbstverwirklichungsmanie inthronisiert recht eigentlich wieder die Triebe, die jetzt Persönlichkeit genannt werden.

Die Geschichte der Verinnerlichung von Normen geht zu Ende, weshalb so etwas wie Charakter nicht mehr entstehen kann. Statt dessen beruft man sich verstärkt auf An-triebe, mit denen man in Übereinstimmung leben möchte – und wird dabei unterderhand zum Spielball des Marktes. Der «Triebverzicht», der bei Freud und im Grunde auch schon bei Kant zur Voraussetzung von Kultur wurde, kommt aus der Mode. Und die Individuen ökonomisieren sich: Sie verschaffen ihren Trieben ein Coming-out und begrenzen die Gefahr, die damit einhergeht, dadurch, daß sie sich als ökonomische Partikel verstehen. Kaufen kann man nur, wenn man etwas zu verkaufen hat, man kriegt nur etwas, wenn man auch etwas zu geben hat: Es lebe der Utilitarismus. Der Mensch wird von der *imago Dei,* vom

1 Theodor W. Adorno: Probleme der Moralphilosophie, Frankfurt/M. 1996, S. 26f.
2 Ebd.

Ebenbild Gottes, zum Ebenbild des Marktes. Und aus diesem Blickwinkel gilt, daß alle Askese Käse ist.

Dieser Sprung von der altgewordenen Verinnerlichung zur Veräußerlichung erfaßt nicht nur die Moral und den Charakter der Personen, sondern auch den Bereich des Wissens und der Kenntnisse: Man eignet sich nichts mehr an, weil alles geladen werden kann. Wissen muß nicht mehr Bestandteil der Person sein, sondern kann aus dem Internet, von der CD-Rom oder aus vergleichbaren Abgründen geholt werden. Das hat seine Vorteile, aber daß die Wissensbestände des Altsubjektes verschwinden, hat eben auch seine Nachteile: Auf der Pflegestation X in N. bittet eine Sterbende den Ersatzdienstleistenden, mit ihr zu beten. Aber auf der Festplatte des ZDLers ist nichts dergleichen drauf. Dies ist nicht die Stunde, in der man Gebete laden könnte. Sie müßten, wenigstens eines, dasein, in der Person. Da ist aber nichts mehr. Wissen existiert als Zugriffsmöglichkeit. Man kann es wegwischen wie den Schmutz mit der Bounty-Küchenrolle: laden und löschen. Das abwaschbare Wissen tritt an die Stelle des Wissens, das zur Person gehörte. Das ist die Niederlage der *Brauchbarkeits-Kultur* gegenüber der *Demonstrations-Kultur.*[1]

*Jeder soll einfach er selbst sein:* Diese Apotheose der Selbstverwirklichung hat die Askese nicht gemeint. Erst wurde das Ich entleert, so daß die innere Leere mit Selbsterfahrungsmüll gefüllt werden konnte. Anschließend wurde dann auch der Nächste als Möglichkeit zur Selbststeigerung entdeckt und damit zum Mittel erweiterter Selbsterfahrung. Das ist die geheime und verkommene Botschaft des Kommunitarismus:

1 Marianne Gronemeyer: Lernen mit beschränkter Haftung. Über das Scheitern der Schule, Berlin 1996, S. 86.

Irgendwie hat man gemerkt, daß die zunehmende Kälte, die aus den Ritzen des berstenden Wohlfahrtsstaates strömt, zum Problem wird. Diese Ritzen sollen nun eilends verstopft werden. Und das Helfen soll als sozialer Klebstoff dienen. Auf den Solotanz der Singles scheint nun ein Volkstanz zu folgen, der uns in eine Polonaise der Gutmenschen einreiht. Die Kommunitaristen kommen, da wird es Zeit für den Asketen, in die Wüste zu gehen.

## Der Verplante

Gerade wird die zweite Moderne ausgerufen: Die Protagonisten tremolieren ein globales Eiapopeia, sie singen ein *Freunde! Das Leben ist lebenswert.* Die Jahrzehnte, in denen die Miesmacher, Apokalyptiker und Kulturpessimisten das intellektuelle Sagen hatten, sind abgefeiert. So wie sich Oper und Theater aus den ins Fieber der Finanzmisere versunkenen Städten verkrümeln und statt dessen eine Musical-Idiotie Einzug hält, so werden die letzten Ecken, in denen noch kritisch gedacht wurde, ausgefegt und die aussätzige Kleingruppe der Gesellschaftskritiker als Standortbeschmutzer und Neospengleristen niedergemacht.[1] Kommunitaristische Aufbrüche aller Schattierungen feiern den neuen Operetten-Altruismus, sehen die Jugend erfaßt von Hilfekrämpfen. Schon geistert eine Kultur des Pfadfindertums durch die Köpfe: An jeder Ecke sieht man, wie die Kinder der Freiheit alte Männer über den Zebrastreifen zerren, die eigentlich ins Café auf dieser Seite der Straße wollten.

Diese Kinder der Freiheit allerdings existieren nur im Kopf ihrer Erfinder. «Sie hassen Vereine, mit ihren Formalismen und ihrem – wie sie es sehen – verschrobenen und verlogenen ‹selbst-

1 So stimmt Ulrich Beck, Erfinder der zweiten Moderne, der einmal die vielgelesene *Risikogesellschaft* schrieb, geradezu einen Haßgesang auf die Kritik an: Neospenglerismus, Kulturkritik, Untergangstremolo sind die Aufhänger seines Aufsatzes über die «Kinder der Freiheit: Wider das Lamento über den Werteverfall» (In: Ulrich Beck [Hg.]: Kinder der Freiheit, Frankfurt/M. 1997, S. 9–33) – und reiht sich ein in die soziologische Love Parade, die allenthalben mainstreamversessenen Optimismus verbreitet und dabei doch nur das Funkenmariechen des Bonn-Berliner Karnevals geworden ist.

losen› Engagement ... Sie sind eine aktiv unpolitische Jugend, weil sie den in sich kreisenden Institutionen das Leben entziehen.» An die Stelle tritt – so Beck – ein «aus der Zwangsvergemeinschaftung der Großorganisationen ausgebrochenes, selbstorganisiertes Engagement für andere. Die Kinder der Freiheit praktizieren eine suchende, eine versuchende Moral, die verbindet, was sich auszuschließen scheint: Selbstverwirklichung und Dasein für andere, Selbstverwirklichung als Dasein für andere.»[1]

Es ist eine alte Krankheit der Soziologen (und ihrer Verwandten), daß sie immer wieder Gruppen erfinden, die sie zum Träger und Exekutor ihrer gerade aktuellen Einfälle machen. Marx hat sich die Proleten erwählt, Habermas hatte es mal mit den Schülern und Studenten. Nun erfindet die kundenfreundliche Soziologie jene «Kinder der Freiheit», die uns mit einem Kinderkreuzzug des Engagements bedrohen. Vor uns eine Gesellschaft, die zum Heimatverein im Turnschuhlook geworden ist?

## Volkstanz der Gutmenschen

In meiner von 241 Studierenden besuchten Veranstaltung, die eigentlich ein intimes Seminar sein sollte, in der aber die angeblich Lernwilligen kommen und gehen, als wären sie auf einem Bahnhof, sie essen, lesen Zeitung, führen intensive Gespräche, bis ich – zum Pauker degradiert – platze, in dieser Veranstaltung frage ich nach dem von Beck diagnostizierten Engagement. Drei melden sich. Eine fährt zur Berliner Love Parade: «Ich bin sogar auf einem Wagen.»

1 Ebd., S. 13–15.

Wer wie Ulrich Beck von der *Aufwertung des Lokalen*[1] redet, übersieht offenbar, daß die Sehnsucht der Jungen gerade nicht der Lokalität oder gar der Kommunalpolitik und ihrer gähnenden Langeweile gilt, sondern daß sie am liebsten am Wochenende in der Republik unterwegs sind, um an Spontanpartys, die über Flyer bekanntgemacht werden, teilzunehmen. Sie schlüpfen in ein wildes Outfit und halten sich mit Ecstasy und anderen Aufputschmitteln wach bis zum Montagmorgen. Dann steht man wieder am Bankschalter, mit Schlips – wie das ungeschriebene Gesetz es befiehlt –, oder sitzt in meiner Veranstaltung. Wer sich solche reale Mobilität nicht leisten kann, ist im Internet global unterwegs oder schaut sich zumindest einen Film an, in dem sich die guten alten Strukturen von Zeit und Raum gerade auflösen (man sehe sich Batman-Filme an, um zu wissen, wovon die Rede ist).

Es schmelzen eben nicht nur die alten Wertekerne der Arbeitsgesellschaft ab, sondern die Subjekte scheinen überhaupt die Bodenhaftung zu verlieren. Lokalität wird lästig, am liebsten wäre man unterwegs. Das aber möchte Ulrich Beck nicht, also hält er am Altindividuum fest, das sich angeblich lokal engagiert. Dabei sind Bunjee-Jumping, Inline-Skating, Charterflug und Schumacher-Ekstase für das beschleunigte Jungwesen heute einschlägiger als die letztendlich betuliche Helfergesellschaft, von der die Kommunitaristen aller Couleur schwärmen. Das lokale Engagement wird notfalls erzwungen, wenn es denn freiwillig nicht kommen will – zum Beispiel durch den Hinweis auf den «unfinanzierbar gewordenen Sozialstaat»[2]. Der soll durch eine Helfergesellschaft abgelöst werden; und schon sieht

1 Ebd., S. 29.
2 Ebd.

man die Armeen des Gemeinwohls – glaubt man den Kommunitaristen – allenthalben im Aufbruch.

Was soll das eigentlich heißen – unfinanzierbar gewordener Sozialstaat? Unfinanzierbar wird über kurz oder lang die Folge einer Politik, die meint, sie könne – mit ständigen servilen Verbeugungen vor dem Marktgötzen – kostenneutral und folgenlos marginalisierte Massen produzieren. Die bleiben dann zähneknirschend in Kreuzberg, weil ihnen gar nichts anderes übrigbleibt. Und die sollen dann ihren Altruismus entdecken? *Selbstverwirklichung als Dasein für andere* pflegen? Papperlapapp.

Beispiel Berlin: Seit der Wende sind in der Bundeshauptstadt 300 000 Arbeitsplätze verlorengegangen. Die Nachbarschaft zum Osten öffnet neue Märkte, aber auch die Grenzen für billige Arbeitskräfte. *Prognos* hat berechnet, daß Berlin bis zum Jahre 2010 noch einmal 50 000 Arbeitsplätze verlieren wird. «Berlin hat eine glänzende wirtschaftliche Zukunft, aber es werden nicht die arbeitslosen Berliner sein, die etwas davon haben. Für einige Bevölkerungsschichten wird die Entwicklung aussichtslos sein, und wir werden erhebliche soziale Probleme bekommen.»[1] *Prognos* sieht die Gefahr, daß der Glitzerwelt des Potsdamer Platzes bald Viertel gegenüberstehen, «wo man sich abends nicht mehr hintrauen kann». In Kreuzberg zum Beispiel beträgt die Arbeitslosenquote 29 Prozent. Vor zehn Jahren gab es vier Schuldnerberatungsstellen in der Stadt, heute sind es vierzig. «Die Verarmung des öffentlichen Raums läßt die Menschen spüren: Wir sind eigentlich egal. Wenn das erst ins Lebensgefühl durchschlägt, ist das die Katastrophe», sagt der

1 Zitiert bei Vera Grasow: Hauptstadt, ganz unten, in: Die Zeit vom 4. Juli 1997.

Stadtsoziologe Häußermann.[1] Luxuswohnungen auf der einen Seite, Anhäufung von Problemfamilien und -fällen in den Plattenbausiedlungen: Das kann die Stadt vor Zerreißproben stellen. Am Prenzlauer Berg «zelebriert eine jugendliche Aufsteigerszene sich selbst und den eigenen Erfolg»[2], während die Altersgenossen ins Trübe blicken. Die Arbeitslosenquote der unter Fünfundzwanzigjährigen liegt bei 20 Prozent, und um die Jahrtausendwende droht der Hauptstadt eine Jugendarbeitslosigkeit von 40 Prozent.

Erstaunlich die Ruhe, mit der dies immer noch von den Ausgemusterten und den Jugendlichen hingenommen wird. Aber vor uns liegt vielleicht keine Revolte, sondern der Griff zur Flasche oder der Dämmerzustand vor dem Videorecorder. Oder der Krieg zwischen Cliquen, ethnische Verteilungskämpfe, Angriffe auf Campingplatzbewohner. Das immer krassere Gegenüber von Arm und Reich muß nicht in eine Auseinandersetzung zwischen den Glitzerpalästen und den Plattenbauten münden. Die Konflikte können auch versickern in den Bruchlinien, Sprüngen und Klüften des Alltags, lauter kleine Verzweiflungen, kleine Feuer: hier ein umgestürztes Auto, dort ein zusammengeschlagener Türke, hier wiederum ein Anzugmann mittleren Alters, der, entlassen, zum Obdachlosen geworden ist.

1 Zit. ebd.
2 Vera Grasow, ebd.

Der angeblich nicht mehr finanzierbare Sozialstaat wird durch ein Gitterwerk aus disziplinierenden und diskriminierenden Maßnahmen ersetzt: das kann man in den USA studieren, und das wird wohl auch den europäischen Alltag zunehmend prägen. In Kalifornien wurden zwischen 1984 und 1994 sechzehn neue Gefängnisse errichtet, das hat 15 Milliarden Dollar gekostet. 1994 hat Kalifornien für Strafanstalten ebensoviel Geld ausgegeben wie für die Universitäten. 351 Milliarden Dollar wird die Implementierung des *Gesetzes zur Kontrolle der Gewaltkriminalität* von 1994 kosten. Es wird ausgegangen von einer Erhöhung der Häftlingspopulation von 925 000 auf etwa 2,6 Millionen in den nächsten zehn Jahren.[1]

Ein weiteres Instrument, um die wachsenden Randgruppen zur Räson zu bringen, besteht in der Verhängung von Ausgangssperren. 59 der 77 größten amerikanischen Städte haben inzwischen Ausgangssperren für Jugendliche erlassen, insgesamt gibt es Ausgangssperren in 1000 amerikanischen Städten.[2] In Chicago ist Jugendlichen unter 16 Jahren der Aufenthalt auf der Straße ohne triftigen Grund zwischen 22.30 und 6.00 Uhr morgens untersagt (am Wochenende beginnt der Hausarrest erst um 23.30 Uhr). 75 000 Jugendliche sind seit 1992 während dieser Sperrzeiten aufgegriffen worden.[3]

Die Vereinigten Staaten weisen schon jetzt die höchste Kinderarmut in westlichen Ländern auf, und der anhaltende Abbau

1 Loic J. D. Wacquant: Vom wohltätigen Staat zum strafenden Staat. Über den politischen Umgang mit dem Elend in Amerika, in: Leviathan, Zeitschrift für Sozialwissenschaft 1, 1997, S. 50–66.

2 Der Spiegel 28, 1997, S. 53.

3 Ebd.

von Unterstützungen wird dazu führen, daß 2002 weitere drei Millionen Kinder Sozialhilfe verlieren, weil diese Hilfe auf fünf Jahre begrenzt wurde. Nach offiziellen Statistiken war 1991 jede dritte amerikanische Familie nicht imstande, für Grundbedürfnisse und Wohnen selbst aufzukommen. Wenn nun durch die Streichung von Sozialhilfe und durch bürokratische Schikanen (*chumming* – die Formulare werden so kompliziert, die Kontrollen und Belege so vielfältig, daß die Ablehnungsbescheide anschwellen) die Zahl der vollständig Marginalisierten weiter so rasant wächst, dann werden die Statistiken immer besser, dann wird man uns erzählen, daß die Ausgaben für Sozialhilfe in den USA vorbildlich gesunken seien, die Zahl der Arbeitsplätze hingegen deutlich gestiegen sei (weil da auch gezählt wird, wer eine Stunde in der Woche Zeitungen verkaufen durfte).

Und es ist nicht nur die Ausrottung des Sozialstaates, die diese Entwicklungen auslöst. Dahinter wird ein Erziehungs-GAU sichtbar. Es gelingt nicht mehr, regelmäßig und verläßlich Charakterstrukturen zu erzeugen, die unerläßlich für eine Zivilgesellschaft sind. Der vom Bürgermeister verhängte Hausarrest löst die Implantation von Normen durch die Eltern ab. Die Polizei, so kann man sagen, übernimmt die Lenkung der Geschicke des Alltags in der krisengeschüttelten Zivilgesellschaft.

Operative Prävention heißt es, wenn die Polizei bestimmte Nachtstunden, bestimmte Viertel, ausgesuchte Bevölkerungsgruppen ins Visier nimmt. Und nicht zufällig stammt dieser Begriff der Prävention aus der Gesundheitspolitik. Aus der Gesellschaft wird ein Biotop, ein System, das nicht mehr des Gemeinsinns und der bürgerlichen Tugenden, sondern der quasi-hygienisch motivierten Kontrolle bedarf. Der Berliner CDU-Fraktionschef Klaus-Rüdiger Landowsky brachte den

Wandel, mit dem Kommunalpolitik durch Hygienevorschriften abgelöst wird, auf den Begriff: «Wo Müll ist, kommen die Ratten. Und wo Verwahrlosung herrscht, ist auch Gesindel.»[1]

Familienkrisen, das Durcheinander moderner Biographien, die neue Armut und das Ende der Massenarbeitsgesellschaft drohen einen Präventionsstaat zu erzeugen. Der frühe Nationalstaat konnte sich auf die Formulierung gerechter Gesetze beschränken und ihre Einhaltung sicherstellen; der Sozialstaat versuchte, die auftretenden Spannungen durch Geldzuwendungen zu mildern. Was jetzt kommt, das ist die Ablösung der an Verinnerlichung gebundenen Bürgertugenden durch präventive Überwachung. Zwangsläufig wird damit ein Prioritätenwechsel eingeleitet: Im Präventionsstaat ist Sicherheit wichtiger als Freiheit. Präventionsräte, ein US-Import, gibt es auch schon in deutschen Kommunen. Aus der alten Gemeinwesenarbeit wird unterderhand community policing: gemeinwesenbezogene Polizeiarbeit.[2] Die Städte Köln und Bremen arbeiten an einer Software für einen elektronischen Kriminalstadtplan, in Berlin geben Polizisten eines Sonderkommandos die Resultate ihrer Arbeit in einen mitgeführten Laptop ein.

Die Zwickmühle besteht darin, daß dieser Präventionsstaat unausweichlich zu sein scheint. Weil die alten Muster der innengeleiteten Kontrolle nicht mehr stimmen, müssen die Methoden außengeleiteter Kontrollen perfektioniert werden. Es ist nicht erkennbar, wie der Übergang in die zweite Moderne anders gestaltet werden sollte. Letztlich wird aus dem Staat bei der Gelegenheit ein Geschäft, das nach dem Muster eines Supermarktes geführt und mit den Mitteln moderner Elektronik ge-

1 Zit. Der Spiegel 28, 1997, S. 49.
2 Ebd., S. 60.

managt wird. New Yorks Expolizeichef Bratton, der inzwischen Sicherheit in alle Welt verkauft, bringt das auf die Formel: «Man muß eine Weltstadt managen wie McDonald's: Wo sind die Kunden, wo sind die Märkte?»[1] Wenn sich diese Haltung durchsetzt, dann darf man sich nicht wundern, daß der Staat bald von allen seinen Bürgern – die man dann besser Staatskunden nennen sollte – nur noch als Supermarkt begriffen wird: Was bietet er? Was kostet was?

## Die Liebe und das Bruttosozialprodukt

Die kommunitaristische Fraktion stellt diesen Entwicklungen die helfende Gesellschaft gegenüber. Achtzig Millionen Amerikaner sind – so berechnen die Kommunitaristen – in der einen oder anderen Weise als freiwillige Helfer aktiv.

*Sie backen für die Feste der nahegelegenen Schule Kuchen, bringen älteren Personen das Essen oder kümmern sich um die Patienten in Pflegeheimen und Krankenhäusern. Sie wirken bei Notruf-Organisationen und Hilfsaktionen mit, halten sonntags Kurse ab, sammeln Spenden und sind in gemeinnützigen Organisationen tätig. Annähernd 45 Prozent aller Amerikaner über 18 Jahre übernehmen eine derartige Aufgabe … Fünf Stunden pro Woche widmet durchschnittlich jeder Freiwillige in den Vereinigten Staaten solchen Tätigkeiten. Jedes Jahr kommen auf diesen Weise fast 20 Milliarden Stunden an freiwilliger Hilfe zusammen.*[2]

1 Ebd., S. 51.
2 Robert Wuthenow: Handeln aus Mitleid, in: Beck (Hg.): Kinder der Freiheit, a. a. O., S. 37.

In Geldwert ausgedrückt – so Ulrich Beck – sind das jährlich 150 Milliarden Dollar.[1] So wird denn der Kuchen, der für das Schulfest gebacken wird, und der Besuch beim aidskranken Freund unterderhand zum volkswirtschaftlichen Tatbestand. Was die Kommunitaristen nicht bemerken, übersehen oder gar anstreben: Das ist die Umwandlung von Freundschaft, Hilfsbereitschaft und sogar Liebe in Geldwert. Abgesehen davon, daß es lächerlich ist, nachbarschaftliches Kuchenbacken als eine Dienstleistung zu definieren, betreiben die Kommunitaristen eine Rasterfahndung nach gesellschaftlichen Bereichen, die noch nicht unter das Messer der Marktwirtschaft geraten sind.

Ich kann mich nicht einmal dagegen wehren, daß die Kommunitaristen meinen nachbarschaftlichen oder freundschaftlichen Dienst in ihre schmutzigen Berechnungen einbeziehen. Leider sind sie noch nicht konsequent genug. Warum sollte der eheliche Beischlaf nicht mit – sagen wir mal 150 Mark – volkswirtschaftlich angesetzt werden oder der mehr oder weniger freiwillige Transport des Sprößlings zum Ballettunterricht mit 20 Mark? Milliarden und Milliarden kämen zusammen. Alles hat seinen Preis. Das wollen uns die Kommunitaristen lehren, indem sie das, was einmal Humanität ausgemacht hat, in einen meßbaren und berechenbaren Faktor des Kommunikations- und Hilfemarktes verwandeln.[2]

In die Nähe des Kommunitarismus gehören wohl auch die Tauschringe, die in den USA, Deutschland, der Schweiz usw. gegenwärtig entstehen und sich als quasiasketische Alternative

1 A. a. O., S. 15.

2 Die Rede vom *Humanvermögen,* die in Familienberichten aller Art Mode ist, zeigt, worum es geht: Familie ist als eine Art Rohstoff zu entdecken, mit der die Gesellschaft gefüttert werden kann. (Vgl. zum Beispiel den Bericht: Familie 2000 «Schutz des Humanvermögens Familie – ein Auftrag für Europa». Tagungsbericht des 3. Österreichischen Familienkongresses, 1996.)

zum konventionellen Dienstleistungsmarkt verstehen. Die Idee: Dienstleistungen werden in eigenen Zeitschriften angeboten. Rasenmähen gegen Nachhilfeunterricht zum Beispiel. Der Dresdner Tauschring berechnet erbrachte Leistungen in «Talenten», die gegen Dienstleistungen eingetauscht werden können. *Zum Beispiel betreut die Rentnerin Frau Lustig des öfteren das Kind der Studentin Bärbel, die dann regelmäßig die Vorlesungen besuchen kann. Für diese Leistung kann sich Frau Lustig später von einem anderen Teilnehmer, etwa dem Malermeister Klecks, die Wohnung tapezieren lassen, wofür sie eigentlich kein Geld hätte. Bärbel, als Musikstudentin, wiederum gibt regelmäßig Klavierunterricht für Herrn Beethoven, um ihr Konto auszugleichen.*

Die Idee einer Alternative zum Geldmarkt, zur Errichtung von sozialen Netzen außerhalb des bröckelnden Sozialstaates leuchtet ein. Der Verzicht auf den Kauf von Dienstleistungen zieht aber nach sich, daß nachbarschaftliche oder freundschaftliche Hilfen in den Strudel der Vermarktung zu geraten drohen.[1] Sogenannte Seniorengenossenschaften sind den Tauschringen vergleichbar: Da helfen jüngere Senioren älteren Senioren und sammeln dadurch Gutscheine für die Tage, in denen sie selbst einmal Hilfe brauchen. Möglicherweise wird sich so etwas schnell durchsetzen. Aber Seniorengenossenschaften markieren auch den Übergang von Gesellschaft zu einem System von Sicherungen, in dem das ganze Leben unter den Aspekt der Verbarrikadierung gegen Risiken gerät. Im Herbst 1996 bietet LETS Isarthal neben Gartenhilfe, Haarschneiden, zahlreichen Massagen, Nähkursen, Vollwertigem auch: «Auf-

1 Vgl. auch das Handbuch: LETSysteme und Tauschringe, herausgegeben von PasSys GmbH, 3. Aufl., Frankfurt/M. 1996.

lösung von geistigen oder körperlichen Blockaden, Zuhören (!), Spirituelle Heilungen, Einführung in die Mystik, Styling-Tips fürs Outfit, Karriereberatung (Gestaltung von Lebensläufen usw.), Astrologische Beratungen (Problemlösungen).»

Angesichts dessen würde ein Asket wohl sagen: Geh mir aus der Sonne. Das Leben läßt sich nicht in einer Versicherungspolice kondensieren, und Freundschaft läßt sich nicht im LETS-Blättchen annoncieren.

## Der Virtualisierte

Die bayerische Grenzpolizei spürt illegale Einwanderer mit raffinierter Technik auf. Ein neues Kohlendioxid-Meßgerät trägt dazu bei, «blinde Passagiere» auf LKW-Ladeflächen leichter zu entdecken: Mit dem Einsatz der $CO_2$-Sonden erzielten die Beamten «die größten Erfolge bei der Fahndung nach illegal eingereisten Personen», erklärte Bayerns Innenstaatssekretär bei einer Pressevorstellung des Geräts am deutsch-österreichischen Autobahngrenzübergang Suben. Am 25. Februar hatte man mit der Gassonde in Suben 51 Kurden aus der Türkei aufgespürt, die auf der Ladefläche eines türkischen LKWs versteckt waren. Auf der Ladefläche eines ungarischen LKWs wurden drei Tage später 41 Kosovo-Albaner entlarvt, die illegal einreisen wollten.[1]

Welch ein Fortschritt, den die deutsche Republik da gemacht hat. Es werden nicht mehr – wie seinerzeit in Chelmno –

1 Meldung Frankfurter Rundschau vom 25. April 1997. Zur Erinnerung: «Seit Dezember 1941 wurden beispielsweise mit 3 eingesetzten Wagen 97000 verarbeitet, ohne daß Mängel an den Fahrzeugen auftraten.» (Bericht über den Einsatz der Vergasungswagen [Spezialwagen] in Chelmno, Berlin, 5. Juni 1942, «Geheime Reichssache, Einzigste Ausfertigung».) Weiter heißt es: «Es wurde aber in Erfahrung gebracht, daß beim Schließen der hinteren Tür und somit bei eintretender Dunkelheit immer ein starkes Drängen der Ladung nach der Tür erfolgte. Dieses ist darauf zurückzuführen, daß die Ladung bei eintretender Dunkelheit nach dem Licht drängt. Es erschwert das Einklinken der Tür. Ferner wurde festgestellt, daß der auftretende Lärm wohl mit Bezug auf die Unheimlichkeit des Dunkels immer dann einsetzt, wenn sich die Türen schließen. Es ist deshalb zweckmäßig, daß die Beleuchtung vor und während der ersten Minuten des Betriebes eingeschaltet wird.»

Gase in den LKW eingeleitet, um unerwünschte Juden zu beseitigen, sondern Gase aufgespürt, um Unerwünschte zu entdekken. Der Kenner wird sich daran erinnern, daß es an den deutsch-österreichischen Grenzen früher andere Methoden zur Identifizierung von Fremden gab: Im 17. Jahrhundert wurden in Böhmen Zigeunern das rechte und in Mähren das linke Ohr abgeschnitten, wenn sie bei *Betretung* des Landes erwischt wurden. Es gab ja schließlich keine Ausweispapiere, so daß die abgeschnittenen Ohren sich als ein Mittel frühmoderner Erkennungsdienste aufdrängten. Heute also statt der Narbe am Haaransatz – wo das Ohr war – die Identifizierung durch $CO_2$. Die Aura des Menschen, die einmal ein Schimmer, eine lichte Ausstrahlung war, wird ihm – jedenfalls auf der Ladefläche eines LKWs – zum Verhängnis.

Die $CO_2$-Sonde ist ein Symbol für das Nebeneinander von wachsender Ohnmacht und gleichzeitiger Allmacht des Staates: Während der Staat als Verkörperung von Moral und Sitte zunehmend abstirbt, perfektioniert er sich zu einem Techno-Pool.

## Nervöse Katastrophen

Die Unabhängigkeitserklärung der Vereinigten Staaten sprach von dem Recht auf Freiheit und der Pflicht zur *happiness*. Der europäische Großstaat, der gerade entsteht, verwirklicht sich über die Tätigkeit von Kommissionen, über die Einführung einer gemeinsamen Währung und über Stabilitätskriterien: Europa ist ein Managementprojekt, ein hirnloser Riese. Europas Identität ist die des gemeinsamen Marktes – und damit ist alles gesagt. Da entsteht eine gigantische ideenfreie Zone, deren geistiges Zentrum die Frankfurter Europabank sein wird.

Um nicht falsch verstanden zu werden: Ein Zurück zu dem Staat, der die Sitte vorgibt und sie überwacht, ist natürlich nicht möglich und auch nicht wünschenswert. Eine Übereinstimmung der öffentlichen Sitten mit der moralischen, der sittlich richtigen Lebensweise, dem richtigen Leben des einzelnen Menschen – wie Hegel es noch postulieren konnte –, steht nicht mehr auf der Tagesordnung. Alles, was davon übrig ist, spiegelt die Provinzialität von Lebensbedingungen, die den darin Existierenden zwar Erstickungsanfälle bescheren, aber mit krampfhafter Verlogenheit aufrechterhalten werden.

Seit Hegel ist das ein steiler Absturz: Der Staat, der ihm als eine Art Stellvertretung Gottes auf Erden galt, als die Fleischwerdung Gottes, ist in die Hände der Systemtechniker geraten, einer Gruppe von Machern also, die im wesentlichen ihren Machterhalt und das Funktionieren der administrativen Apparate im Auge haben.

Neben den völlig verluderten Zeitgenossen, die die Gestaltung ihres Charakters (oder was sie dafür halten) und ihres *Lebens aus den Prinzipien des freien Marktes* ableiten (die also das Konkurrenz- und Leistungsprinzip zur alleinigen Tugend erheben), trifft man die erwähnten *Identischen*. Sie sind zwanghaft unironisch: Wer auf der Jagd nach Identität mit sich selber ist, versucht Distanz zu vernichten, ist ständig bemüht, Teile, die nicht deckungsgleich sind, übereinanderzuschieben, Widersprüche nicht aufkommen zu lassen. Der dritte Typus, dem man begegnen kann, ist der Homo systematicus, der den Wunsch nach Identität als unmodern aufgegeben hat: Er versteht sich als Knotenpunkt verschiedener Systemanforderungen, die ohnehin nicht immer in Übereinstimmung zu bringen sind. Widersprüche sind Ausdruck für noch nicht gelungene Optimierungen. Der funktionierende Mensch löst das Individuum ab, das einmal *anständig* sein wollte oder sollte und gerade deshalb im *Schurken* seinen heimlichen inneren Widerpart fand:

*Die Sehnsucht, die am tiefsten in mir steckt, ist die: ein Schurke zu sein, ein Kerl, der heuchelt, verführt, hohnlacht, über Leichen schreitet. Aber ich bin durch die Mängel meines Temperaments dazu verurteilt, ein anständiger Mensch zu sein – und, was vielleicht noch schmerzlicher ist, von allen Leuten zu hören, daß ich es bin.*[1]

Diese alte Ambivalenz zwischen Anstand und Schurkerei ist heute dadurch abgelöst, daß dem Funktionierenden der Dysfunktionale gegenübersteht, der die Möglichkeit zum Ausbruch aus dem System ergreift. Der Asket gerät damit heute in die Nähe des Irren, des Perversen, des Insassen aller möglichen Einrichtungen. «Im Zeitalter der Anschlußfähigkeit liegen die Chancen der ‹Seele› in den nervösen Katastrophen … ‹Seele› ist, was sich nicht vermittelt … Seelen existieren nur noch solange, wie sie durch die Gefahr ihres Untergangs gezwungen sind, sich zu melden.»[2] Der Asket ist – so könnte man sagen – nicht der Aussortierte, der Abgemeldete – als der er sich verkleidet, wie sich Johannes der Täufer in seine Zotteln gewandet –, sondern der, der die Funktionsketten absprengt.

*Der Held der Tragödie ist der sich selbst hervor- und zu Fall bringende Mensch. Der Mensch heute jedoch paßt sich nur noch an … Der funktionale Mensch ist ein entfremdeter Mensch, er ist dennoch nicht der Held der Zeit: Der* entfremdete, *der funk-*

1 Arthur Schnitzler, zitiert bei Bernd Nitzschke: Männerängste. Männerwünsche, München 1984, S. 11.
2 Peter Sloterdijk: Weltfremdheit, Frankfurt/M. 1993, S. 109.

*tionale Mensch hat ja* gewählt, *auch wenn seine Wahl im wesentlichen eine Absage ist. Woran? An die Wirklichkeit, die Existenz. Denn er bedarf ihrer nicht ... Zwar ist sein Leben meistens ein tragisches Vergehen oder ein tragischer Irrtum, jedoch ohne die notwendigen tragischen Folgen; oder eine tragische Folge ohne das notwendige tragische Vorgeschehen, da die Folgen nicht durch die Eigengesetzlichkeit von Charakter und Handlung auferlegt wurden, sondern durch das – für den Einzelnen immer absurde – Bedürfnis nach Ausgewogenheit der gesellschaftlichen Organisation ... So lebt niemand seine eigene Wirklichkeit, sondern jeder nur die eigene Funktion ... ohne ein eigenes Schicksal.*[1]

Dorf, Stadt und Gesellschaft werden gegenwärtig aufgelöst und integriert in einen elektronischen Verband, der den Einwohner des abgelegenen Dorfes und den Penthouse-Bewohner in der Millionenstadt in die gleichen Netze spannt. Johannes der Täufer hatte zu wählen zwischen dem eingefahrenen Alltag Jerusalems und der Leere der Wüste. Der moderne Asket muß die Wüste erst einmal suchen. Muß man die Kabel durchschneiden, um in die Wüste zu gelangen, oder bewährt sich der Asket gerade darin, daß er seine Haltung mitten im elektronischen Salat bewahrt?

## http://www.colletta.it

Colletta di Castelbianco ist ein von seinen bäuerlichen Bewohnern verlassenes mittelalterliches Dorf oberhalb der ligurischen Küste. Telecom Italia hat damit begonnen, die 65 Gebäude mit

1 Imre Kertész: Galeerentagebuch, Berlin 1993, S. 8 f.

einem 155-Megabit-pro-Sekunde-Glasfaserkabel zu verdrahten. Die Bewohner werden künftig alle über ISDN-Anschlüsse, digitales PBX, intranet, voice mail, Fax und Videoserver verfügen. Das Dörfchen bereitet sich vor, eine Residenz für Teleworker de luxe zu werden. Das mediterrane Ambiente, die dörfliche Idylle verbunden mit der Welt. Der Architekt und der Werbemanager, der Professor an einer Fernuniversität und der Designer können ihre Aufträge von hier aus erledigen und arbeiten, ohne noch ein Büro oder eine Fabrik zu betreten. Von einer neuen Form des Reichtums spricht die *Financial Times*, die über Colletta berichtet: *Wealth of service*[1]. Ein Ort für selbständige Profis, die sich aussuchen können, wo sie leben und arbeiten wollen.

Freilich hat alles etwas Gartenzwerghaftes, ein falscher Schein strahlt von diesem Dörfchen aus, weil alles zur Hülle geworden ist. Die Lage der Häuser, die Details hatten ihren Sinn. Der Ort hatte einen Bezug zur Lokalität. Kürzlich sah ich eine alte venezianische Sänfte, die vom Besitzer zur Telefonzelle umgestaltet worden war. Das ist genau das Prinzip von Colletta. Die Nutzung von Dingen und Orten kann sich ändern. Umwidmung ist ein Teil der Kreativität von Menschen. Aber was hier geschieht, ist eben die Zerstörung der Erinnerung, die Überdeckung, der falsche Schein. Alles nach dem Muster, nach dem ein Fachwerkhaus in Deutschland heute innen völlig entkernt wird, um dann hinter der Fassade ein überdimensioniertes Büro zu installieren. Raumansprüche der Modernen und ihre Sehnsucht nach Idylle werden gewalttätig in Übereinstimmung gebracht.

Im Jahre 2000 werden vermutlich 55 Millionen Teleworker

1 Financial Times vom 4. Dezember 1996.

rund um den Erdball tätig sein. Die meisten werden natürlich nicht wie die Eliten in Colletta Arbeit und Leben luxuriös verschränken. Der normale Teleworker wird ein besonders billiger Tagelöhner sein. Die Firma braucht keinen Arbeitsraum mehr zu stellen, keinen Schreibtisch, keinen Computer, braucht nicht die Kosten und den Leerlauf einer Vollzeitkraft zu finanzieren, sondern kauft genauso viel Arbeitszeit wie benötigt wird. Videokonferenzen über das Internet können etwaige psychische Probleme der Alleinarbeiter überdecken: Videokonferenzen können helfen, *to overcome the isolation teleworkers can feel.*

Eine Schwesterstadt im Geiste des Informationszeitalters zu Colletta ist Singapur. Dort hat sich das, was einmal Politik war, verengt auf die Maximierung von *human resources.* Singapur ist ein Inselstaat mit 3,2 Millionen Einwohnern, die sich auf einem Gebiet von der Größe des inneren London drängen. Und dieser Inselstaat ist nicht mehr als eine Randbedingung für eine Informationskaverne. Das Ziel ist die Kreation des *intelligent island,* für deren Geburt der Staat zu sorgen hat. In Singapur ist klar, daß man nicht mit Indien oder China auf der Ebene des Bienenfleißes konkurrieren kann: Indien produziert jährlich 25 000 Programmierer. Nur die perfekte Kreation der Informationsgesellschaft schafft Überlebenschancen.

Singapur hat damit begonnen, 800 000 Haushalte zu verkabeln – also den ganzen Inselstaat. Ein Colletta in Riesenformat. Stephen Yeo, der Manager dieses gigantischen Projektes: «Die meisten Menschen sehen Technologien als eine über sie hereinbrechende Welle an. Wir möchten, daß Technologie verstanden wird als etwas Ruhig-Freundliches, das aber dennoch von allen wahrgenommen wird.»

In der Polis ging es einmal um die Tugend, und Sokrates,

der die Bewohner der Stadt an diese Idee zu nachdrücklich gemahnte, wurde umgebracht. Von Tugend ist im Stadtstaat Singapur nur noch im Sinne der von Abfall gesäuberten Straße die Rede: Die Idee des Staates aber findet im Begriff *intelligent island* ihren werbespotartigen Ausdruck: Das Ziel ist die Schaffung einer Gesellschaft, in der die Information frei fließen kann und in der Staat und Privatwirtschaft papierlos miteinander kommunizieren. Der Staat ist zu einer Art virtuellem Büro zusammengeschrumpft. Der Begriff der Freiheit findet nur noch Anwendung auf die staufreie Schußfahrt auf der Datenautobahn und auf die papierfreie Kommunikation.

## Haben, als hätte man nicht

Der Chip-Schub am Ende des Jahrhunderts bringt die Frage nach einer asketischen Haltung in einen völlig neuen Kontext. «In Zukunft besteht die Arbeit nicht mehr darin, seinen Lebensunterhalt zu verdienen, sondern darin, im Zeitalter der Automaten leben zu lernen» – hat Marshall McLuhan gesagt.[1]

Nur ein paar Details zur Erinnerung:

- 1994 verabschiedet das französische Parlament ein Gesetz zur inneren Sicherheit, das die Überwachung von Plätzen und Straßen mit Videokameras regelt.
- Im italienischen Unterhaltungsareal Gardaland wird es bald möglich sein, die Sixtinische Kapelle zu betrachten oder das Grab der Nofrotete zu begehen – dank der *realtà virtuale.*

1 Zit. in Peter Glaser: 24 Stunden im 21. Jahrhundert, Frankfurt/M. 1995, S. 143.

- Als zwei Mieterinnen eine Wohnung in München renovieren wollten, entdeckten sie in den Zimmern halbdurchlässige Spiegel, hinter denen der Vermieter, ein ehemaliger Religionslehrer, Videokameras installiert hatte.
- Die britische Polizei rüstet ihre Hunde neuerdings mit kleinen Videokameras aus, wenn sie in eingestürzten oder abgebrannten Gebäuden nach Menschen suchen.
- Bei den Olympischen Spielen in Atlanta wurden die Besucher mit fast 1000 Kameras überwacht.
- Infarktgefährdete können neuerdings ein kleines Gerät an ihr Handy anschließen (Cardio Safe), das ihr aktuelles EKG an das Zentrale Herzüberwachungszentrum sendet.
- Kyoto Date ist eine siebzehnjährige japanische Schlagersängerin, geboren am 26. Oktober 1979 in Tokio. Sie ist 1,63 m groß und wiegt 43 kg. Neben ihrer Tätigkeit als Sängerin arbeitet sie halbtags in einem Fast-Food-Shop. Sie fotografiert gern und lernt Fremdsprachen. Kyoko besteht aus 40000 Polygonen und existiert nur in den Computern der japanischen Firma *Hori Productions*. Sie ist das erste Exemplar eines digitalen Kindes. Aus einem Interview mit Kyoko:

Interviewer: *Wie bist du in den Computer gekommen?*

digital kid: *Wie ich in den Computer gekommen bin? Das meinst du doch nicht wörtlich?! Jeder, der denkt, ich wäre nichtexistent, weil ich ein virtuelles Idol bin, könnte meinen, ich würde nur im Computer oder als Computergrafik existieren. Aber die, die an mich glauben, erleben mich ungefähr so, wie man früher einen Brieffreund erlebt hat: eine Person, die eher in den Herzen und der Erinnerung der Leute ist …*

Interviewer: *Was willst du den Leuten auf deiner Homepage sagen?*

digital kid: *Daß Menschen großartig sind! Ich; die Leute,*

*die sich bei mir einloggen; die Leute, die mich erfunden haben; die Leute, die mich promoten: alle sind großartig!*[1]

Der Präsident der *Motorola Inc*, Thomas D. George, weist darauf hin, daß der Bürger der westlichen Welt schon heute durchschnittlich 200 Chips benutzt, die in Haushaltsgeräten, Büromaschinen oder Automobilen stecken. Es ist dies unfraglich erst der Anfang. Die elektronische Welt und die Virtualisierung der Realität sind die Rahmenbedingungen für eine neue, postmaterielle Askese.

Rezepte können nicht geliefert werden. Vielleicht ist die Antwort, die der frühe Christ Paulus auf die Fragen aus seinen Gemeinden gegeben hat, immer noch hilfreich. Paulus erwartete die Wiederkehr seines Herrn. Und als ihn die Männer und Frauen, die er missioniert hatte, fragten, wie sie es mit Besitz und Sklaverei und dem Mann-Frau-Verhältnis bis zur Parusie (der Wiederkehr des Herrn) halten sollten, hat er geantwortet: *Haben, als hätte man nicht.* Er hat nicht für die Flucht in die Wälder plädiert, nicht für den Weg des Täufers oder des Styliten oder des Amerikaners Thoreau, der im Wald gelebt hat.

Haben, als hätte man nicht. Es wird wohl auch bei der Askese in den Zeiten der Virtualisierung darum gehen, ob es gelingt, gelassene Distanz zu wahren.

1 Nachrichten in Glaser, a. a. O., Der Spiegel 29, 1996, Frankfurter Allgemeine Zeitung vom 21. Februar und vom 12. Juli 1997.

# Nachwort: Geld oder Leben – Heiterkeit inmitten des Schreckens

*Schlecht leben jene,*
*die immerfort zu leben beginnen.*

EPIKUR

«Die Leute wollen total fertig sein, die brauchen das», sagt der Reiseveranstalter Udo: *Ultra-Rafting*, steht im Prospekt – «die ultimative Herausforderung für solche, die wissen wollen, was richtiger Thrill ist». Karsten, der Steuerinspektor aus Lübbecke bei Bielefeld, wird abends noch vom Skorpion gebissen – hier im Rio-Sico-Tal. Mit Geländewagen geht es durch Schlamm weiter. Im Brackwasser bleibt der Jeep stecken, einer rutscht in die Lache, in der sich Kaimane tummeln. Dann reißt ein Rad ab. Udo, der Veranstalter: «Ich möchte gar nichts anbieten, das immer hundertprozentig klappt.»

Szenenwechsel: Ein Wochenende im Outdoor-Zentrum bietet Bungee-Sprung, Paraglider-Tandemflug, Rafting- und Canoying-Tour. «Ich bin süchtig. Ich brauche Stoff. Viel Adrenalin. Also springe ich jetzt von dieser Brücke. Mit zittrigen Beinen klettere ich auf eine schmale Rampe. Nur noch zwei Meter bis zum Abgrund. Der Blick nach unten in eine gähnende Schlucht verschlägt mir für Sekunden den Atem. Mein Puls rast, ich habe Todesangst. Langsam kippe ich mit dem Oberkörper nach vorn und lasse mich kopfüber fallen. Der steinige Boden rast scheinbar mit 100 Sachen auf mich zu. Ich halte es nicht mehr aus, ich muß schreien. Plötzlich wird mir schwarz vor Augen. Ich spüre einen stechenden Schmerz in der Wirbelsäule, als das mit Klettverschlüssen an meinen Knöcheln befestigte Gummiseil meinen rasenden Fall abbremst. Ich werde nach oben gerissen, durch die Luft gewirbelt und habe keine Kontrolle mehr über meinen Körper. Dann ist alles vorbei. Kopfüber hänge ich an einem Bungeeseil.»[1]

*Glücklich sein heißt, ohne Schrecken seiner selbst innewerden zu können* – hat Walter Benjamin gesagt.[2] Auf eine skurrile Weise scheint das Gegenteil zur Devise geworden zu sein. Nur noch in der Beschleunigung und im Schrecken scheinen sich die Menschen heute ihrer selbst innewerden zu können. Ruhe und Stille sind zur tödlichen Bedrohung geworden. Der Bungee-Sprung ist der Versuch, dem drohenden Tod zu entkommen. Die Massenbegeisterung für Formel-1-Rennen muß als eine Massenhysterie begriffen werden, die der Todesangst entspringt. Die Stille würde an den Tag bringen, was wir fürchten.

*Das einzige, was uns in unserem Elend tröstet, ist die Zerstreuung, und dabei ist sie die Spitze unseres Elends; denn sie ist es, die uns grundsätzlich hindert, über uns selbst nachzudenken, die uns unmerklich verkommen läßt. Sonst würden wir uns langweilen, und diese Langeweile würde uns antreiben, ein besseres Mittel zu suchen, um sie zu überwinden. Die Zerstreuungen aber vergnügen uns und geleiten uns unmerklich bis zum Tode.*[3]

Das ist – so könnte man sagen – Immanuel Kants vorwegnehmender Kommentar zu Rafting und Bungee-Sprung. Die

1 Bericht im Stern 35, 1997.

2 Walter Benjamin: Einbahnstraße, Frankfurt / M. 1955 / 1972, S. 59.

3 Immanuel Kant: Vorlesungen über die philosophische Religionslehre, Leipzig, 2. Aufl. 1830, S. 172. Zitiert bei Gerd B. Achenbach, Stille. MS 1996.

Scheinhinrichtung als Flucht vor dem verdrängten Tod. Der Herzinfarkt ereilt die Menschen ja nicht in der Geschäftigkeit, sondern im Urlaub und in anderen Augenblicken der furchteinflößenden Ruhe, die mit der Bewegungslosigkeit des Todes in eins gesetzt wird. Die *Meeresstille der Seele*, die die Alten suchten, ist finale Bedrohung geworden.

Die Sucht, den Körper und die Seelen zu beschleunigen, hängt auf heimliche Weise damit zusammen, daß die alte Arbeitsgesellschaft verschwindet und zugleich die Marktgesellschaft allmächtig geworden ist. Das bürgerliche Gut, das Kapital, dulde keine Ruhe, hat Ernst Bloch gesagt. *Das antike Ideal der Ruhe* weicht mit der Industrialisierung der Welt *der Dynamik des Betriebs.*[1] Der Feierabend war in der Blüte des Industriezeitalters noch ein Reservat der Ruhe, ein Gegengewicht zur Dynamik der Fabrikhalle oder des Büros. Jetzt verbringen die einen ihren Tag in der Dauerruhe der Arbeitslosigkeit, die anderen in der Bewegungslosigkeit – mit eilenden Fingerspitzen – vor dem Bildschirm. Und der Markt tobt gewissermaßen von selbst. Während der Markt lebt, fühlen sich die Menschen tot. Deshalb vermeiden sie nichts so sehr als die Ruhe: «Es gibt nichts, was sie nicht den Betrieb suchen ließe.»[2]

Das Nachdenken über *Verzicht* beschränkt sich nicht – so haben wir zu zeigen versucht – auf den Rückzug vom Besitz, von den Dingen. Es geht um nicht mehr und nicht weniger als um das drohende Verschwinden des Subjektes, dem nur noch mit dem Verzicht, den Askese lehrt, zu begegnen ist. Das alte fundamentalistische Selbst, das über Wahrheit, Sinn, Prinzi-

1 Ernst Bloch: Philosophische Aufsätze, Gesamtausgabe, Band X, Frankfurt/M. 1969, S. 370 f. Zitiert bei Achenbach, a. a. O.

2 Blaise Pascal: Über die Religion und über einige andere Gegenstände (Penseés), 1954, Nr. 139.

pien, Geschichte und Gesellschaft – kurz, über eine Zentralperspektive – verfügte, verschwindet.[1] Es scheint, als wären die Modernen damit unweigerlich den Mentalitätsplanern ausgeliefert, die ihnen in der Boutique der Identitätsmoden verschiedene Identitätserzählungen anbieten, die man sich von der Stange greifen kann – und nach einigen Monaten oder Jahren durch neue, aktuellere ersetzt.

Diese Identität, die zum Identi-kit geworden ist, hat David Bosshart auf das Panier geschrieben: «Der stabile Charakter mit persönlicher Tiefe ist out: Sich persönlich fit zu machen wird nicht mehr heißen, ein starkes Ich zu entwickeln, sondern in virtuellen Beziehungen zu leben und multiple Identitäten zu pflegen. Das heißt: Ich setze nicht mehr auf einen persönlichen ‹Kern› und suche ihn, sondern ich trainiere mir die Fähigkeit an, mich nicht mehr definitiv auf etwas festzulegen. Damit bleibe ich fit für neue Wege. Metaphorisch gesprochen: *Statt in die Tiefe gehe ich in die Breite.* Ich werde zum Oberflächengestalter, ich gestalte mit meinen Stilen, torsohaften Charakteren und Identitäten Oberflächen. Dreh- und Angelpunkt der persönlichen Fitneß ist nicht mehr der Aufbau einer eigenen, stabilen Identität, sondern das Vermeiden des Festgelegtwerdens.»

Zu der von Bosshart propagierten mentalen Fitneß tritt ein Bodymanagement, das die Störanfälligkeit des Körpers aus-

1 Mit diesem Individuum waren natürlich auch Krankheitsbilder verbunden, die jetzt anderen weichen. Neurose und Psychose sind die Formen des Wahnsinns, die einem starken, umrissenen Ich korrespondieren. Dem diffusen Ich korrespondieren Irritationen, die zu einem großen leidvollen Krankheitsentwurf nicht mehr gelangen. Man kriegt sich nicht mehr zusammen. Man scheitert an der Aufgabe, *das Leben durchzustehen.* Der *Amoklauf* tritt an die Stelle der großen psychischen Störungen. Das Ich zerfällt in Sektoren, von denen einige verrückt spielen.

schaltet. Die *Wetware* (der menschliche Körper aus Fleisch, Knochen und Flüssigkeiten) darf nicht vernachlässigt werden, sie ist eine wichtige Randbedingung des Erfolgs.[1] Das alte Ich wird – wie man sieht – abgeworfen wie ein Bleigewicht: Chamäleonidentitäten sind angesagt, das Leben wird zur Collage.[2]

Ist damit nicht endlich erreicht, was Kritik am fundamentalistischen Selbst schon immer wollte – von den Mystikern, die das Ich zu lassen empfahlen, bis zu Jean-Paul Sartre, der bemerkt: *Eine Identität haben heißt, sich ein Gefängnis ohne Gitter zu geben?*[3] Nein. Die Sprengung der alten Identität mündet nun in eine marktgerechte Appetenzidentität, die durch eine diffus-universelle Leistungsbereitschaft (Heiner Keupp) bestimmt ist. Der Schmerz über den Verlust von Wahrheits- und Sinngewißheiten führt nicht in die Wüste, führt nicht in eine neue Freiheit und Souveränität, sondern in eine Anschlußbereitschaft, in der das Exindividuum zum Receiver für die Impulse der Marktgesellschaft wird.

Es sollte deutlich geworden sein, daß der Verzicht des Asketen nicht gleichzusetzen ist mit dem Griff in ein anderes Sinnsortiment, das hier ausgebreitet werden könnte. Die Orientierungslosigkeit, die das notwendige Schicksal des Asketen in der Wüste ist, wird aber auch nicht zur Tugend stilisiert, sondern

1 Vgl. Heiner Keupp: Diskursarena Identität: Lernprozesse in der Identitätsforschung, in: Heiner Keupp / Renate Höfer (Hg.): Identitätsarbeit heute, Frankfurt/M. 1997, und derselbe: Erzählungen für die Chefetagen, in: Süddeutsche Zeitung vom 6. Dezember 1996. Vgl. auch Johannes Goebel / Christoph Clermont: Die Tugend der Orientierungslosigkeit, Berlin 1997, mit dem die Autoren eine von mir kritisch-satirisch gemeinte Formulierung aufnehmen und ins Positive wenden. (Reimer Gronemeyer: Alle Menschen bleiben Kinder, Düsseldorf 1996.)

2 Dazu vgl. auch Matthias Horx: Das Zukunftsmanifest. Wie wir uns auf das 21. Jahrhundert vorbereiten können, Düsseldorf 1997.

3 Den Hinweis verdanke ich Götz Eisenberg.

ist eine Aufforderung zur – vielleicht nicht endenden – Suche. Sehnsucht ist die Tugend des Asketen, nicht die adaptionsbereite Null. Verzicht auf Sinn, aber nicht auf die Sehnsucht danach. Und disziplinierte Aufmerksamkeit, mit der die Illusion der Wüsten-Fata-Morgana durchschaut wird.

Rafting und Bungee sind nur die Symbole der Beschleunigungskultur, die die multiplen Persönlichkeiten bedient. Beschleunigter Müll an allen Ecken und Enden: In die *Ohren* träufelt allgegenwärtige taubmachende Musik, die *Augen* werden von allgegenwärtigen Bildern blind, aus dem *Mund* fällt das allgegenwärtige Geschwätz.

Was haben wir verloren! Solange *Musik* noch nicht zur Belästigung geworden ist, konnte sie die zeitgemäße Wüste sein, der Ort der Askese, an dem man allein und für sich sein konnte. Die Musik, die ein Ersatz für die verlorengegangene Wüste war, «in der ein Zeitalter ohne Wüste seinen Bedarf an Weltflüchtigkeit zu decken suchte», ist einem Alltag gewichen, in dem die «massenmediale Musikalisierung aller Räume die letzten Lükken freier Innerlichkeit» überspült: «Seinsvergessenheit aus allen Lautsprechern, niedere Weltlosigkeit in jedem Haushalt, zu jeder Tageszeit.»[1] Nun bewegen wir uns auf eine Tinnitusgesellschaft zu: Da man das Ohr nicht schließen kann, im Gegensatz zum Auge, wird dieses Organ das am meisten belastete. Der Wahnsinn kann nicht draußengehalten werden und wandert in den Kopf. Hörattacken, die ständiges Pfeifen im Ohr auslösen, sind zur Musterkrankheit geworden. Der Hörsturz (Tinnitus) breitet sich aus wie eine Epidemie, erklären Mediziner.[2]

1 Peter Sloterdijk: Weltfremdheit, Frankfurt/M. 1993, S. 114f.
2 Manuskript U. Lamparter: Zur Psychosomatik des Hörsturzes, Hamburg 1995.

Die *Augen* sind einer Okulartyrannei ausgeliefert: Neun Jahre verbringt der Durchschnittsbürger vor dem Fernsehapparat. Addiert man die Bildschirmzeiten im Büro, am Bahnhof etc. und ergänzt sie um die zudringlichen Werbeplakate, Anzeigen etc., dann kann einem Hören und Sehen vergehen. Die berühmten drei Affen halten sich zunehmend krampfhaft Ohren, Augen und Mund zu, nicht aus Weisheit oder Feigheit, sondern weil sie der Schrecken ergreift. Für die Antike war das Sehen ein aktiver Vorgang, der Strahl des Auges betastete den Gegenstand. Erst die moderne Optik macht aus dem Sehstrahl die Wissenschaft von den Lichtstrahlen, die ins Auge einfallen.[1] Sie fallen nun mit einer Heftigkeit ein, die blind zu machen droht. Das eigene Sehen ist degeneriert und könnte erst nach einer langanhaltenden Askese des Blicks reanimiert werden.

*Geredet* wird unablässig: Im Jahr 2000 werden die Erdenbürger mehr als 100 Milliarden Minuten telefonieren. Daß das Wahre nicht durch die Rede erfaßt werden kann, wußte schon Plato, daß im Schweigen sich der Geist mit sich selbst gegen die Vielgeschäftigkeit vereinigt, ergänzt Boethius, und Buddha zeigt – statt eine Rede zu halten – eine Blume.[2] Nur im Schweigen werden wir unregierbar.

Damit sind schon Hinweise gegeben, wie sich Weltfremdheit, Askese oder Verzicht unter modernen Bedingungen manifestieren. Wenn monastische Wege nicht mehr offenstehen und die Wüsten allenthalben besetzt sind, wohin geht dann die Flucht des Asketen? Die zentrale Vokabel heißt *Verzicht* – ein

1 Barbara Duden, Ivan Illich: Die skopische Vergangenheit Europas und die Ethik der Opsis. In: Alf Lüdtke / Ludolf Kuchenbuch (Hg.): Historische Anthropologie, 3. Jahrgang 1995, Heft 2, S. 203 ff.

2 Artikel Schweigen in: Joachim Ritter / Karlfried Gründer (Hg.): Historisches Wörterbuch der Philosophie, Band 8, 1992.

Verzicht auf konsumtives «Glück» aller Art. Der Phantasie sind bei der Füllung des Begriffs keine Grenzen gesetzt: Beim Verzicht auf das Recht-haben-Wollen mag es anfangen, bei dem Verzicht auf Beschleunigungskonsum ist es noch lange nicht zu Ende.

Vielleicht liegt die Rettung überhaupt in einer Option für die *Eintönigkeit*? Ein graues Wort, das aber nur deshalb grau wirkt, weil es unter dem vielstimmigen Geschrei, das uns umgibt, begraben ist: Ein-tönigkeit des gregorianischen Gesanges oder des tibetischen Mönchsgebetes dagegen erinnert an die Möglichkeit der in der Ein-tönigkeit verborgenen Konzentration und Versenkung.

*Man sollte die Existenz eintönig gestalten, damit sie nicht eintönig werde. Den Alltag unschädlich machen, damit auch die kleinste Einzelheit eine Zerstreuung mit sich bringe. Mitten in meiner dumpfen, gleichförmigen, nutzlosen Tagesform steigen in mir Fluchtvisionen auf, erträumte Spuren ferner Inseln, Feste auf Parkalleen anderer Zeitalter, andere Landschaften, andere Gefühle, ein anderes Ich ... Wenn ich die unmöglichen Landschaften besäße, was bliebe mir dann an Unmöglichem übrig? Die Eintönigkeit, die dumpfe Gleichheit der Tage, das Null an Unterschied zwischen gestern und heute – das verbleibe mir immer und dazu die wache Seele, um mich mit der Fliege zu unterhalten, die zufällig an meinen Augen vorbeisurrt, das Gelächter auszukosten, das unbeständig von der ungewissen Straße emporsteigt ...*[1]

Aber der Begriff «Askese» ist ein Gestrüpp. Mißbrauch hängt sich an ihn. Da sind diejenigen, die den Begriff als Maske benut-

1 Fernando Pessoa: Das Buch der Unruhe, Frankfurt/M. 1997, S. 25 f.

zen, hinter der sich nichts mehr verbirgt als neoliberaler Sozialdarwinismus. Das *Anspruchsniveau* soll *heruntergefahren* werden. Tatsächlich wird der Sozialstaat beerdigt. Denen, die eine Aufspaltung der Gesellschaft in Reiche und Arme betreiben, muß der Begriff Askese entwunden werden, denn ihnen steht er nicht zu. Askese ist etwas anderes.

Auch denen, die Askese ausschlachten, um einen Trend, eine Mode zu kreieren, wird man den Begriff entreißen müssen. Askese ist kein Name für Augenblickseinfälle der Haute Couture oder der Selbsterfahrungs- und Empowerment-Maschen. Askese ist nicht dazu da, daß die Leute *zu sich selbst kommen*.

Askese betreibt die Einübung in Tugenden (askein heißt *sich üben*). Asketen haben nicht sich, sondern das andere oder den anderen im Blick: Gott und den Nächsten. Askese ist verwandt mit der Ekstase, die es erlaubt, aus sich selbst herauszutreten (ekstasis – *aus sich heraustreten*). Askese ist nicht narzißtische Körperdressur oder Seelenbearbeitung. Askese hat vielmehr skandalös-unzeitgemäße Sätze im Visier: *Dir alle Rechte, mir alle Pflichten.*[1] Asketen sind nicht auf der Reise zu sich selbst, sondern können sich vernachlässigen, aus sich heraustreten.

Askese ist – so gesehen – heute erst einmal ein Fremdkörper. Die Zeitgenossen sind religiös entkernte Menschen, sind metaphysisch Obdachlose. Askese muß ihnen zunächst als ein vormoderner Schmarren erscheinen. Gerade weil das Ich, die Person überhaupt zu verschwinden droht und einem Wesen Platz zu machen scheint, das sich als Teil eines Systems

1 Emmanuel Lévinas: Schwierige Freiheit. Versuch über das Judentum, Frankfurt/M.1992.

versteht, einordnet und bearbeiten läßt, ist Askese unzeitgemäß.

Aber man kann den Blickwinkel auch verändern. Dann werden Menschen sichtbar, die äußeren und inneren Krisen ausgeliefert sind, die immer mehr das Maß des Erträglichen überschreiten. Die *Krise des Habens* kann dann Anlaß geben, über Verzicht nicht nur als das nachzudenken, was erzwungen wird, sondern als das, was auf einmal anziehend, befreiend, erlösend ist. Askese ist dann weit mehr als ein Schredder, in den unwichtig gewordene Dinge, Bedürfnisse oder Erwartungen hineingeworfen werden. Askese ist mehr als ein Apparat zur Entsorgung von Überflüssigem. Askese kann dann gerade zu einer Erfahrung werden, aus der das Ich neu wird, ja wiedergeboren wird. Weil nicht mehr das Zusammenraffen von Dingen, Erlebnissen und Selbststeigerungen eine Ich-Hülle baut, sondern eine Person entstehen kann, die in der souveränen Haltung, im heiteren Verzicht, in demütiger Gelassenheit von sich absehen kann.

Askese ist kein Lebenskonzept. Das war es in der Blütezeit der Arbeitsgesellschaft. Da hielt die Askese die Personen zusammen und durchzog sie wie ein Gitternetz, durchsäuerte sie wie ein Sauerteig. Jetzt kann Askese nur eine Suchbewegung sein.

Die asketischen Tugenden lehren die Flucht vor den Fesselungen, die heute in der Sucht nach Dingen, Erlebnissen, Informationen, Beschleunigungen, Bemächtigungen, Planungen und Projekten eine irrsinnige Vielfalt haben. Deshalb erfordert Askese Klugheit, Disziplin, Aufmerksamkeit. Ein asketisches Rezept kann es nicht geben. Auch keine Ausbildung zum Asketen. Diplomasketen wären Scharlatane.

Nachdenken über Askese lenkt den Blick auf die alte Erzählung, die sich durch die Kulturen und Philosophien zieht: Du wirst dein Leben nur gewinnen, wenn du es verlierst. Askese ist radikal. In Gefahr und großer Not bringt der Mittelweg den Tod. Deswegen stellt die asketische Erinnerung vor die Alternative: *Geld oder Leben*. Niemand kann beides zugleich haben.

Doch welche Konsequenzen erwachsen daraus für das eigene Leben? Für den Leser wird die Frage gelten, die für den Autor gilt: «Und du? Wie hältst du es mit der Askese?» Bei dem antiken Philosophen und Erzieher des Nero, bei Seneca, gibt es eine schöne Antwort darauf. Da sagt ein Gesprächspartner: «Auf eine Weise sprichst du, auf eine andere lebst du.» Und Seneca antwortet:

*Ihr böswilligen Köpfe, gerade den Besten am feindlichsten, dies wurde Platon vorgeworfen, vorgeworfen wurde es Epikur, vorgeworfen Zeno; denn sie alle sprachen nicht davon, wie sie selbst lebten, sondern wie sie auch selbst leben müßten. Über die Tugend, nicht über mich spreche ich, und wenn ich gegen die Laster Scheltreden führe, dann führe ich sie besonders gegen meine eigenen. Sobald ich es vermag, werde ich leben, wie es sich gehört. Auch diese mit viel Gift getränkte Bosheit wird mich nicht vom Besten abschrecken; – nicht einmal der giftige Schleim, mit dem ihr andere bespritzt, euch aber tötet, wird mich daran hindern, daß ich fortfahre, das Leben – nicht das ich führe, sondern das man nach meinem Wissen führen muß – zu preisen, daß ich die Tugend anbete und ihr – in ungeheurem Abstand – hinterherkrieche.*[1]

1 Seneca: Vom glücklichen Leben, Abschnitt 18, 1.

## Ein Dank

*Für sehr unterschiedliche und intensive Hilfe beim Schreiben dieses Manuskriptes, für Hinweise und Vorschläge danke ich Gerd B. Achenbach, Jörg Bergmann, Wolfgang Buff, Rüdiger Dammann, Götz Eisenberg, Marianne Gronemeyer, Sofia Kwiek, Wilfried Lamparter, Marlene Mockenhaupt, Georgia A. Rakelmann, Matthias Rompel.*